銀髮自主

——自立支援分享集

基督教家庭服務中心 編著

目錄

編者的話　基督教家庭服務中心　6
序一：推動自立支援　締造尊嚴晚年　郭烈東　8
序二：從維持生命到實踐人生的照顧　林金立　11

導入篇

第一章：自立支援在香港的萌芽與培育　楊靄珊　16
第二章：自立支援理論在長者服務的實踐策略　林金立　30
第三章：「老」之初體驗　吳凱欣　50

個案篇

第一章：就讓我們一起努力吧！ 67
第二章：原來我爸會說話 89
第三章：給他一對翼　從電動輪椅開始 105
第四章：靠自己　吃好每一口飯 121
第五章：港版「柑仔店」讓長者重拾生活感 139

第六章：四腳叉與步行架　美錦與裕花的一段情　157

第七章：腦不靈光　快樂猶在　沒折翼的小燕　173

第八章：只欠一條 4XL 內褲　189

第九章：安樂不比安全次要　207

第十章：坐着站着的風景不一樣　225

鳴謝　239

編者的話

基督教家庭服務中心

一樣的生命，不一樣的第二人生。雖然「生、老、病、死」乃人生必經階段，但「老」仍能重拾生命意義和色彩，而非只有刻板「被照顧」的生活。二〇一七年基督教家庭服務中心到台灣取經，學習「自立支援」的照顧概念及應用，讓我們在傳統照顧模式中，反思照顧的真正意義，並決心把「自立支援」試行在港推行，讓長者不再是「四等公民」，而是在日常生活能夠自己參與、自己話事的「長門人」。

本書簡單介紹當初我們引入「自立支援」照顧模式的歷程、體會，舉辦體驗培訓所收集到的反思，亦邀請了台灣自立支援照

顧專業發展協會理事長林金立老師，為我們概述自立支援的理論架構及在台灣的發展，期望可讓大家更掌握當中的理念及實務操作。為了讓大家更認識自立支援的精髓，我們從十位基督教家庭服務中心的服務使用者參與「自立支援」的故事，包括來自護理安老院、長者日間護理中心及家居照顧服務，了解如何透過復健訓練及我們的介入，提升長者生活活動能力及參與度，加上同工及家人的鼓勵和陪伴，逐步改善基本生活照顧，重拾自主生活，並點出每個故事所帶出的價值。

我們展望將來，願與業界繼續互勵互勉，並改變社會大眾對「照顧」既有的認知，讓他們對「自立支援」有更多了解，共建未來「以人為本」的照顧模式，延長長者自主生活的時間。

序一

推動自立支援　締造尊嚴晚年

「人口老化」浪潮席捲全球，香港亦無法避免面對人口老齡化問題，並預計二〇五〇年，六十五歲或以上的人口將佔總人口百分之四十，成為全球最大長者百分比的城市之一。面對香港社會老齡化問題，如何安排完善的安老政策，重新定義「照顧」，並尊重長者的個人意願，讓長者在熟悉的環境安老，安享晚年，這些都是社會各界共同關注的問題。

基督教家庭服務中心於二〇一七年率先到台灣長者院舍及日間護理中心取經，認識「自立支援」的照顧概念，及後在我們的院舍及日間護理中心積極推動自立支援文化，集結治療師、護士及社工團隊，以跨專業之手法，為長者設計相關訓練及活動，協助長者提升日常生活功能，希望達到「零約束、零臥床、零尿片」的目標，提升長者在院舍生活的質素。過去幾年的先導試行，讓「自立支援」的概念開始植根我們的長者照顧服務裏面，我們希望能與大家分享過去的經驗，讓個案的故事帶出「自立支援」的精髓。

於累積經驗的同時，我們也積極推動業界認識及引入「自立支援」的理念及推行的技巧。我們與台灣自立支援照顧專業發展協會結為「自立支援培訓聯盟」，以鞏固我們提供「自立支援」培訓課程的能力及基礎。培訓課程可以讓業內同工透過體驗被約束、穿尿片及失能的經歷，感受失能長者的無助感，反思何

謂「最好的照顧」，加強他們將「自立支援」的價值，應用在工作中，為長者帶來更多自主生活，合力造就豐盛晚年。

我們期望透過出版這本書，分享有關推行「自立支援」的心得及成果，讓從事長者服務的同工加入推廣「自立支援」的行列，協助長者聚焦在「自己做得到的事情」，締造更合適的環境及照顧模式，讓長者能夠更有自信、更自立、更有尊嚴地生活。

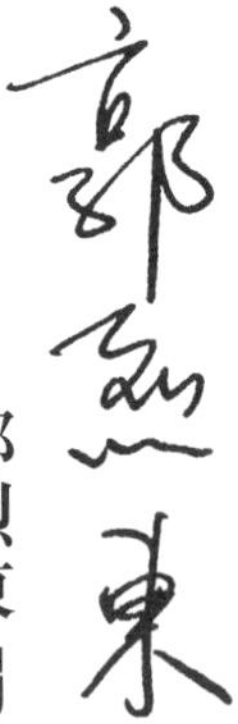

郭烈東 JP

基督教家庭服務中心總幹事

二〇二二年五月十八日

序二

從維持生命到實踐人生的照顧

面臨高齡化的衝擊，健康照護成本的增加是每一個國家要嚴肅面對的課題，如何降低照顧負擔，成為各國努力發展的重要方向。台灣自二〇一一年由民間於雲林縣實證引自日本的自立支援照顧，並透過導入輔導與研討分享，擴及台灣各地，超過四百家機構導入的經驗，證實能夠建立照顧專業、提升照顧品質，進而吸引人才投入與留任，對於減輕照顧負擔更有正面效益；這股「照顧革命」的風潮，引起了華人文化圈長照單位的關注，二〇一七年香港基督教家庭服務中心率先至台灣交流，並於二〇一九年簽訂「自立支援培訓聯盟」，正式將台灣教育訓練方式導入香

港長者服務，自立支援照顧開始於香港發展在地的應用模式。

自立支援照顧的目的是「藉由回復其自主性，重新獲得與常人生活無異的自由，提升生活品質」，初期以能力提升或維持為介入目標，並同時重視社會、文化層面的照顧，最終以促進精神層面的滿足感，達到自我實現的目的，生活品質（Quality of life，QOL）的"life"內涵，也從維持生命、改善生活、進而能實踐人生。

因為實務界的實證，台灣於二〇一八年將自立支援納入政府補助項目，二〇二一年納入高齡社會白皮書，並成為長照2.0政策的重要發展方向，至此，自立支援已逐漸成為台灣長期照顧發展

的指引地位。

為了讓經驗有更多的交流，我們於二〇一七年彙編各機構之經驗，出版「照顧學期刊」，希冀有更系統性的交流與經驗累積，今天很高興看到香港本土案例彙編的出版，能讓更多人了解自立支援，也展現香港的推動成果，這是非常重要的歷程，在此致上最誠摯的敬意，也希望未來有更多的交流，持續將自立支援照顧的模式拓展到各地，發展出屬於華人文化圈的「照顧學」。

林金立

社團法人台灣自立支援照顧專業發展協會理事長

二〇二二年四月二十五日

導入篇

第一章 自立支援在香港的萌芽與培育

引入歷程

一段在臉書瀏覽到的短片，一位長者拿着助步車開心地自己走路，再加上「不約束、不卧床、不尿布」（三不）這些立志式的高難度照顧目標，的確讓人對長者照顧帶來欣喜，同時又懷着一些疑惑，到底「自立支援」是否真的可以幫助香港的體弱長者過着不一樣的生活？

二〇一六年十一月冒昧地在臉書給「自立支援學院——致力推動台灣零約束照顧」發了條訊息，表明我們對自立支援照顧模式很感興趣，希望可以多加交流。當時自立支援學院的廖志峰

主任很快便回覆，並答應了我們欲到台灣考察交流的請求。二〇一七年八月，我們一行八人，由管理層到前線的照顧同工，到了台灣雲林縣拜訪了社團法人雲林縣老人福利保護協會，財團法人長泰社會福利慈善事業基金會的林金立老師，並隨其團隊參觀了他們的院舍及日照中心，聽着他們講解「自立支援」的照顧概念及如何應用到服務中。他們無私的分享讓我們又重新反思照顧長者的初心及服務理念，自此，我們嘗試將自立支援的精神放在長者照顧的骨子裏。

得到親身體會的啟發回來後，我們於二〇一七年十二月展開了先導計劃。由加強基本照顧開始，尤其是飲水及進行有針對性的復健運動，並從院舍揀選二十多位適合的院友參與計劃。除了

加大飲水量，也透過復健運動，重點為參與的院友減約束、減臥床時間及移除尿片。其中大部份的目標都能達成，在大約半年的時間內，有院友可以完全減去約束，增加坐出的時間，甚至移除尿片。先導計劃的成效並不在於目標數字上的達成，更重要的是過程中讓同工見到院友的笑容及減去這些束縛的自在，這樣對推動同工參與「自立支援」尤為重要。

有了初步成效，我們再深思自立支援提示「照顧」概念的轉變，長者生活活動能力（ADL）的重要，以「減約束、減臥床、減尿布」為短期目標，但除去床板、約束物品及尿片的束縛後，院友的生活真的起了變化嗎？我們意識到提高生活活動能力只是過程，最重要還是讓他們回到生活，即使體力和機能大不如前，但總有他們可掌控、可享受的一面。於是我們從復健上注入更多個人元素，訓練院友多做點自己能做的事，經過一段時間，有院友可以拿着助行架自由行走，有院友可以從輪椅站起來到櫃員機提款，有院友可以外出自行點選一杯意大利咖啡，有院友可以為其他院友煎弄荷包蛋，更有院友可以教其他院友編織……無疑生活參與及自主成為他們提升基本照顧及復健訓練的動力，相反，僅僅只有刻板的訓練或機能評估的數字絕不會引發長者的動機。要讓他們看到運動或訓練的價值，我們就需要提供機會讓他們應用到生活上，而這些「應用」亦是訓練的一種。透過循環不息的訓練和生活參與，長者的生活意義及質素便跟之前不同了！

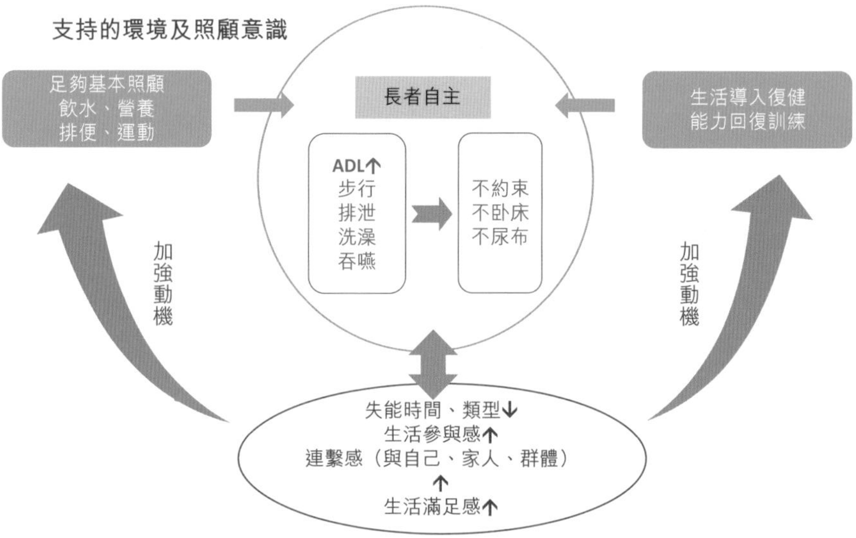
支持的環境及照顧意識
足夠基本照顧
飲水、營養
排便、運動
長者自主
ADL↑
步行
排泄
洗澡
吞嚥
不約束
不臥床
不尿布
生活導入復健
能力回復訓練
加強動機
加強動機
失能時間、類型↓
生活參與感↑
連繫感（與自己、家人、群體）
↑
生活滿足感↑

自立支援的需要

香港自二〇一五年，連續多年成為世界人均壽命最長的地區，加上高齡海嘯的來臨，無論從醫療體系、長者友善社區配套，甚至照顧界別也需作出足夠的防備。自立支援提倡的「三不」前題是要增強長者的生活活動能力，讓他們多參與日常的生活，做簡單的自理，不需完全依賴被照顧。對於體弱長者來說，當中的「支援」不可少，背後的訓練投入也不能缺少，之後的照顧人力是否可有效減少也未必能於短期內反映出來，不過誠如台灣的經驗，引入自立支援模式後，照顧並不只是「把屎把尿」的厭惡性工作，而是多了一份陪伴長者生活、提升長者能力的任務，工作的意義及滿足感漸漸讓前線同工的流失率減緩，也吸引

更多年青人入行。香港護理員的空缺率長期接近百分之二十，要應對高齡海嘯，照顧人力更不能忽視。然而自立支援概念的導入，讓「照顧」加添了一份色彩！希望新的照顧概念及意義能為行業帶來新景氣，讓照顧行業被重視，也讓更多人願意投身。

隨着社會進步，大家對生活質素和自主權的要求不斷提高，不難想像未來的長者照顧服務更需融入人本元素，自立支援不但着重長者從身體復能上尋回生活自主，也致力讓長者回到他們想過的生活裏，體現「人本」對長者的尊重。傳統的「照顧質素」着重臨床護理、健康維生、安全等，都是透過一堆維生指數、評估數據、護理標準、服務流程、交代紀錄反映出來，自立支援更希望聚焦長者的意願、生活的參與和自主。尤其是在院舍，在群

體的生活中如何能保留個人喜好及生活意義就更為重要。因此，自立支援更符合對長者的尊重及這一代人的需要。

自立支援帶來的改變

自立支援提出對照顧本質更廣闊的概念，照顧是解決日常生活問題，提升其生活質素，所以不應是依賴性而是協助性的。「好的照顧」並不是要照顧得無微不至，而是如何透過照顧，去協助長者過「他們」的生活，提升生活的參與感，減慢失能。照顧過程也都可以融匯復健訓練，並非只是解決失能需要，而是要讓照顧變得更具意義，最有效的復健就是能參與生活，而協助生活的照顧便令照顧的「專業性」大大提高了。

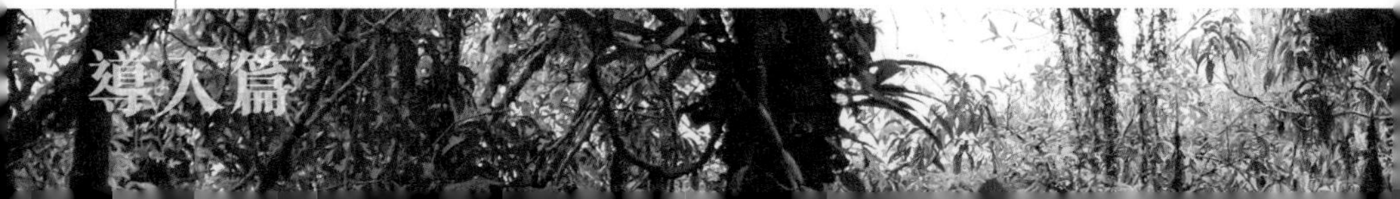

四大基本照顧到位，是排除真正失能的首要步驟。飲水、營養吸收、排便及運動是照顧日常必然會碰到的，不過就是過於日常，往往會被忽略，且照顧一般就是給予，但長者未必會全都接收。例如每天跟流程派水或湯水的份量必然足夠，惟很多時長者沒有喝足；基本照顧提醒我們照顧的效果及與日常活動的關連，也讓我們明白照顧並不只是流程，而是需要很多軟技巧方能令照顧到位，所謂的基本照顧其實也是一門學問，也需我們從日常觀察及考慮長者個人習慣才能完成。

另一個自立支援很重視的就是照顧與環境的結合，透過環境的佈置，讓長者生活在一個可以自主的地方；除了要長者感到友善的環境外，最重要的還是以環境去配合復健及鼓勵基本照顧的氛圍：如飲水的氣氛、上廁所附加的步行小徑、為了防跌而棄掉床架放床墊在地上的安排，要的不只是環境的功能性，也着重社交性，台灣、日本也曾為了增加長者與其他人的接觸而把牆拆掉。雖然香港的環境狹窄，限制較多，但也可善用物件擺放的位置、裝飾、加設輔具，甚至移床就廁，來增加長者參與生活的彈性及可能性。

自立支援的挑戰與發展

自立支援讓我們更透徹了解照顧的概念、基本照顧的重要、復健和生活參與的關連等，但實踐出來仍得視乎個別長者的生活習慣、能力和動機，以及如何善用環境、文化及人際關係，我們

需要靈活地將照顧的信念應用到服務中，並需要打破一些固有的照顧模式、風險管理、服務流程，甚至把專業融入生活，如復健運動不一定在復康區進行，治療師可以靈巧的設計，將訓練滲入生活流程，營造「去專業化」的「專業」照顧，這些都是對服務運作的一種挑戰。

「三不」是自立支援其中幾項的重要主張，但每位被照顧的長者要達到此目標談何容易；引入初期，我們希望透過收集一些「三不」相關的數據去看看效果，但也囑咐同工別把數據當成終極目標，甚至讓服務或院友帶來壓力。我們曾遇過成功擺脫尿片的院友主動要求穿回尿片，我們不應因數字而勉強他繼續「不尿片」，如果院友覺得穿尿片有一份安全感，我們也不應為了成效

而拒絕。不過更重要的是從院友角度了解用回尿片的原因，再協助他尋找他認為舒適的生活方式，或幫他重拾改變的動力，最終讓他以自己的意願安排自己想要過的生活。所以，要量度自立支援的成效，並不單單取決於實證的數字，過程中對長者的尊重，與及讓他參與決定亦是自立支援體現的精髓，所以自立支援的成效並不易從客觀數據上反映出來。

要推行自立支援，首要認可其照顧信念，除了各層級的服務提供者，還要長者本身及家屬的認同，方能見到此模式帶來的滿足感，而並非只躊躇於風險與結果。我們也見過長者在訓練後不需約束的情況下跌倒，但長者及家人也沒有後悔，至少不想為這次跌倒，而失去之前自由行走的歡樂與尊嚴；也不會因為一次生

病倒退使用尿片，而抹煞如廁訓練之成功！我們一直嘗試將相關信念實踐在照顧技巧、服務流程、跨團隊合作、長者的生活，甚至蔓延到長者對生活的期待、同工的滿足感、家屬的認可上。所以要將自立支援推廣及發展，要打從根源的照顧信念開始。我們透過體驗式的培訓，讓同工切身處地感受長者失能及受束縛的滋味，反思照顧的意義；概念擴闊，價值觀轉變，思路自然開通，「人本」的照顧方法也隨之而來。為了讓家屬更明白長者的感受，我們也於社區舉辦體驗式活動，將自立支援的精神及好處闡述出來。

自立支援照顧模式在香港的實踐仍處於起步階段，雖然這對照顧服務的運作要求有一定的彈性及設計心思，具體成效不容易

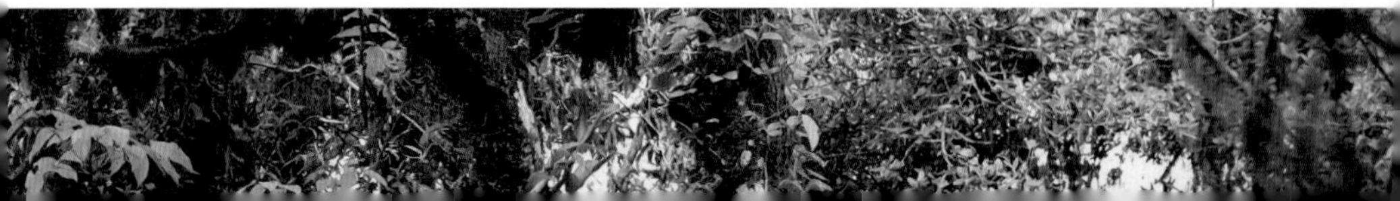

以數字呈現，但其精神體現出對長者的尊重，對晚年照顧服務的肯定，值得我們繼續宣揚開去。我們希望在不同的長者照顧服務中能多累積經驗，並將這份經驗分享予同業，甚至透過提供體驗培訓讓更多業界同工及大眾認識自立支援，共同攜手為長者晚年的福祉作出努力。

楊靄珊

長者院舍及悅齡服務 服務總監

第二章

自立支援理論在長者服務的實踐策略

自立支援的發展：困境、借鏡與契機

臺灣的照顧現場，長期以來陷入人力缺乏、照顧壓力沉重、照顧價值低落的惡性循環中，從政府到實務界，都努力尋訪解決藥方，不斷引進其他國家的照顧模式，在參考其他國家的發展經驗中，也發現照顧的內涵開始着重於協助自我實踐、支持自主生活的服務，這樣的精神在身心障礙領域導入更早且完整，但對於老人長期照顧領域的本土實踐模式一直闕乏，一直到二〇一一年於雲林縣老人福利保護協會附設長泰老學堂日照中心與財團法人同仁仁愛之家開始的實踐、導入與擴散，才開始有比較完整的臺

灣實證發展經驗的累積（林金立，二〇一五）。

因為二〇一六年六月民視異言堂的「被綑綁的老年」專題報道，在很短的時間超過百萬人點閱，引起一股熱議，二〇一六年七月康健雜誌以「照顧革命」為名進行專題報道，隨着各媒體與社會氛圍的關注，形成一股照顧革新風潮，長照2.0政策也納入政策目標，二〇一六年十二月的全國老人福利機構表揚上，自立支援照顧被時任衛生福利部林奏延部長宣示為未來推動重點，二〇一七年十月，臺灣自立支援照顧專業發展協會成立，二〇一八年長照服務發展基金將機構導入自立支援納入補助項目，於長期照顧給付支付基準中，自立支援的精神也被納入，二〇一八年九月衛福部修訂長期照顧（照顧服務、專業服務、交通接送服務、輔具服務及居家無障礙環境改善服務）給付及支付基準，在身體照顧與生活照顧的給付標準中，增加了居家照顧服務員可以透過支援、鼓勵、引導等方式完成服務的作業指引。

自立支援的風潮不僅逐漸於臺灣長照服務中深植，香港也於二〇一八年開始交流並導入，在 TVB 電視台專題報導下，引起一股風潮，並有快速的發展，澳門亦於二〇一九年引入，華人社會的自立支援照顧模式，逐漸形成中。

自立支援的內涵

自立支援主要目的是使接受服務的人們，最終能在減少醫療資源之需求與在外界援助情況下，有更多的選擇與控制來達到獨

立生活，自立生活不是獨不於社會之外生活，而是具有選擇生活方式的自由，具有下列要素（劉立凡、王俞樺，二〇一八）：

一、旨在提高人們的功能能力（如改善自我效能）或正常的日常活動表現（如調整社會或物理環境），從而減少對專業支持和協助的需要。

二、支持和幫助包括身體協助，鼓勵或監督；不包括為他人履行職責，例如為求效率便幫參與者把事情都做好，而這也是傳統照護最常出現的模式。

三、照顧是在日常慣例的活動中進行的，一般來說是指個人每天定期進行的活動，例如購物、閱讀、看電視、吃飯、散步等等。

四、由個人的照顧人員（即居服員、健康助手等）提供，而不是高度專業化的人員（如治療師）。

五、介入是以個人重視的目標為導向，並且有持續進行的評估。日本竹內孝仁教授則說，自立支援照顧是讓一個人，即使在要人照顧的狀態，透過照顧者的支持與協助，解決大多數日常生活活動功能（ADL）的實際問題，提升生活品質（QOL），盡可能在自己可以做的範圍內，支配自己的生活，過想要過的生活。解決日常生活功能的問題是自立支援照顧的關鍵，包括進食、咀嚼、功能性移動（床上移動、輪椅移動、移位、行走）、穿脫衣物、沐浴、廁所衛生（大、小便）等，當一個人的生活功能獲得改善，就算身體機能仍然缺損，依然可以提升生活的自主性，QOL 也會跟着提升；因此透過生活照顧的方式，整合各項提升

ADL的服務（生活輔具、空間改善、生活支援），來協助被照顧者ADL功能的滿足，讓被照顧者的自主生活能力可以一步步提升，這與從治療疾病、改善身體機能的方式，是不同的切入視角。

自立支援的實踐策略：一個核心、三個面向

在實務執行時，自立支援照顧可以歸納以下幾個大原則，提供給第一線工作者與家屬參考（介護の知識，二〇一九）：

一、讓被照顧者做他還能做的事。

二、與被照顧者或其他工作人員一起討論他還能做到哪些事。

三、協助被照顧者達成目標，過他想過的生活。

四、從與被照顧者的溝通交流之中，找到他的興趣、想法、目標以提高他的生活品質。

面對複雜的照顧問題與需求，擬定照顧計畫時，該考慮那些層面？下圖是參酌臺灣實踐經驗，發展出來的「一個核心、三個面向」：

自立支援實踐策略構面：
一個核心、三個面向

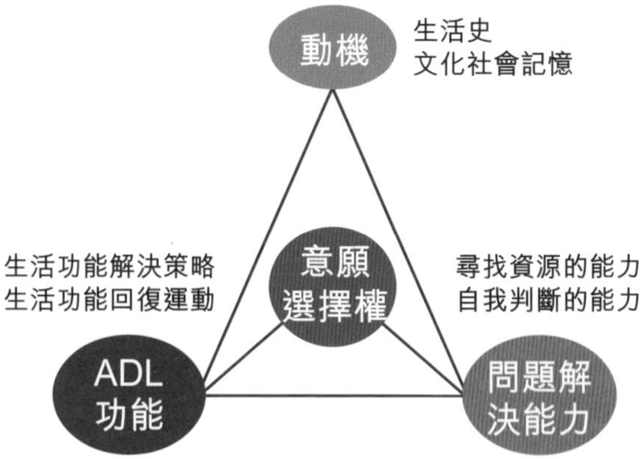

製圖：林金立

（一）核心照顧目標是使用者的意願

必須尊重使用者的意願，相信且確保他們有充分的選擇權，獲得對生活的支配權，這樣的核心理念在照顧過程中，會因為使用者的各種照顧困難，而有限制，可是仍必須在「盡可能」的範圍內，增加或維持使用者對於自己生活的支配比例，面對衝突時，以下原則提供參考：

一、安全為前提，但不應以安全作為限制行為的理由，而是要朝向解除造成安全問題的因素為照顧目標。

二、照顧決定是照顧關係中的使用者、家屬、與專業工作者，共同的決定與共識，這是一個動態的過程。

三、先判斷「可以做」的生活功能有哪些，支持使用者繼續自己做；找出「不能做的」的功能，成為照顧者的服務內容。

四、使用者的生活期待與健康常規不一致時怎麼辦？在沒有立即危害的前提下，將照顧方向從「不可以」，轉而朝向「怎麼做才可以」的方向發展，與照顧關係中的人一起努力。

五、用參與的態度，幫助使用者與家屬充分了解現況與方向，並且接受且容忍使用者有嘗試的機會。

（二）探索行為的動機是策略第一個面向

行為動機分成「意識」與「下意識」兩個層面，當我們問使用者想吃什麼東西，他清楚表達想吃豆腐時，這是意識層面，但絕

大多數的情況，使用者無法快速且清楚的意識表達，此時可以從生活史與所處之文化社會環境來尋找，例如年少時在眷村生活的老先生，可能比較喜歡吃麵食？年輕時種絲瓜的老奶奶，看到絲瓜會不會喚起更多記憶？我們也可以觀察他們現在的生活特性，與過去的生活經驗進行連結，找到影響行為的蛛絲馬跡，例如把不同顏色棉球排得非常規律地的老爺爺，原來他以前工作是瓷磚工人，而躁動後坐在樹下就安靜的失智阿公，是不是跟以前務農經驗有關？

當開始從生活史與社會環境的面向探索時，家屬的角色就變得積極並有意義，因為最能分享使用者過去經驗的就是家屬，如果能一起探索使用者的行為動機，並共同尋找解決策略時，有助於與家屬建立更理想的照顧關係，我們希望的是「參與」，而不是「教育」。

（三）照顧內容是解決 ADL 的限制，充分進行 ADL 照顧

最直接影響生活品質的，是日常生活功能受到限制，無法好好的走路，無法控制排泄，無法自己進食，無法自行沐浴，當照顧的方向在解決生活功能受限制的問題時，此時照顧計畫的內容就很明確了，無法自行移動的使用者，照顧者就協助他完成移動動作，但其他可以做的功能，繼續自己操作，進一步可以再評估無法完成的比例與程度？是否可以透過輔具操作、環境改善來提升，先解決移動限制的問題，照顧負擔稍稍減輕，使用者的信心與意識都提升後，後續再進行提升移動的能力回復運動，自主意

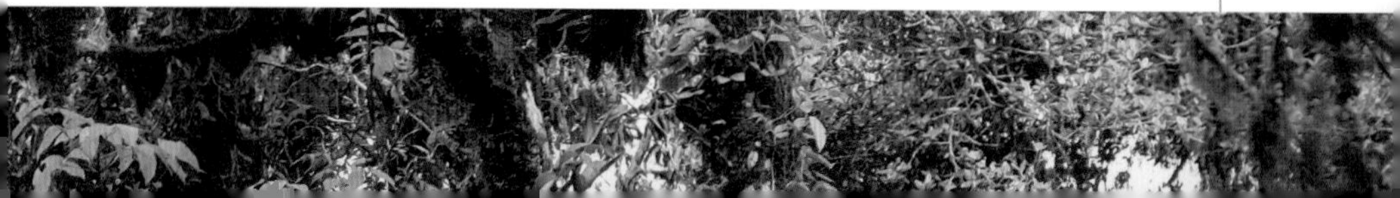

願會大幅提升。

經常遇到的情況是照顧者或家屬，會迫不及待想要盡速提升能力，或是以能力提升當作照顧的成效指標，用半強迫的方式勉強進行復能運動，反而造成照顧雙方的負擔，久而久之，使用者的抗拒、消極的態度出現，照顧的問題只是愈來愈重，因此務必要記住一個順序原則：「針對影響生活最直接的功能受限制問題進行照顧，先解決因為功能受限制而影響生活品質的狀況，再進行能力回復運動」。

（四）提升問題解決能力

問題解決能力包括二個：「尋找資源的能力」及「自我判斷

的能力」，尋找資源的能力指的是使用者可以理解各項資源，並且有能力表達問題，求助並找到資源或方法的能力；自我判斷的能力則是使用者可以判斷對自己最好的做法與選擇的能力。

有許多的使用者，生活功能的問題不嚴重，但是問題解決能力不夠好時，反而造成很大的照顧負擔，因為無法溝通，讓照顧壓力大增，尤其是面對個性特別固執、有主見、或是情緒障礙的使用者更是如此，臨床研究發現，使用者有近七成的異常行為與內心的不安、壓力、緊張有關係，若又遇到認知、記憶、表達功能缺損，忘記、混淆、無法理解周邊的人事物，無法正確表達情緒與真正的意思，就會造成日常生活功能可能很高，但是「問題解決能力」出了狀況，以至於生活仍然需要被協助，而且也常常

陷入愈幫愈忙、愈幫愈生氣的惡性循環，照顧壓力在兩者之間不斷升高、緊張，這個時候該怎麼辦？

照顧者若急於幫他們解決問題，往往會讓問題一再出現，他們的能力也更加退化，因此這時候是要協助他們「提升問題解決能力」，從完全協助，

問題解決能力的自立支援

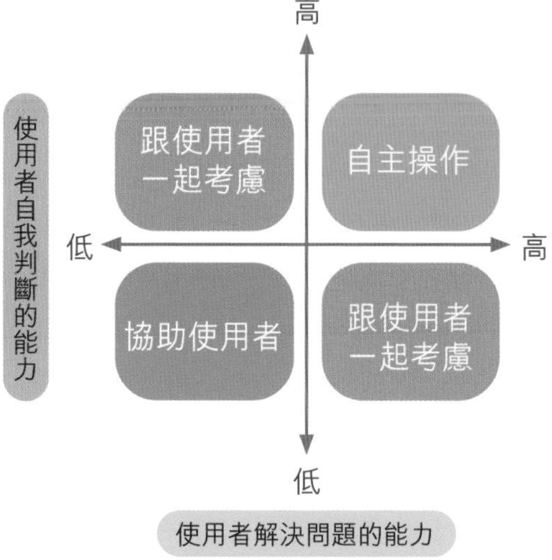

製圖：林金立

開始跟他們一起考慮解決方法，最後達到可以自主操作的地步，下列原則可以協助大家來操作：

一、不要開放性的問：「你要什麼？」，而是引導性的，一次問一個選項：「這個好不好？」幫助聚焦思考「是或不是」的二元判斷，他們的表達就能夠更直接與清楚，思考問題的能力就會出現。

二、運用道具來輔助考慮，例如運用照片來輔助選擇，而當選擇出現時，可以寫在白紙上來幫助確認，因為他們可能三分鐘後會再問一次，這不斷地詢問過程，對於照顧雙方都是壓力與緊張的。如果真的無法選擇與考慮，該怎麼辦呢？可以依照他們過去的習慣與經驗來引導。

三、要記住「詢問，考慮，決定，記錄」的原則，引導思考並選擇，有時就算是已經無法清楚言語的失智被照顧者，在這個過程中，仍然會察覺到他們獲得了滿足與安心的感覺，當從「一起考慮」的階段後，建立一個可以「自主操作」的選擇模式時，立即給予正向的鼓勵是非常重要的。

舉例來說：一個人還能進食、咀嚼，可是手會抖動，很難自己將飯菜送到自己嘴裏，在以往的照顧，照顧服務員為了追求快速，可能就直接幫忙夾菜、攪拌、餵食，感覺起來這樣的服務好像很貼心，可是卻會讓使用者愈來愈依賴、功能愈來愈退化，到後來原本還有的功能（舉手、擺臂）可能都喪失了，這就是我們在照顧現場常看到的「廢用症候群」（竹內孝仁，二〇一五），因為不當的照顧造成的功能退化。

如果是自立支援照顧會怎麼做？首先會先了解可以促進使用者動機的元素是什麼？並觀察可以自己做的功能有哪些？然後運用其他服務來彌補不足的地方；例如準備這位被照顧者過去喜歡吃的食物（從生命史找動機），促進他的自主意識，而非一味要求吃健康營養卻不合胃口的調配食物。再來就是配合他的手臂功能，設計適合的湯匙，找深一點的湯匙減少飯菜掉落（解決ADL功能限制），用餐的時候鼓勵他自己夾菜到碗裏，或是由他指揮決定要夾哪道菜（提升解決問題能力），鼓勵他自己送飯菜到嘴裏，如果真的不行，輕輕扶住手背、減少手的抖動，讓他可以更

順利的自己進食，這個過程其實也正是社會工作方法中的賦權與充權的操作（林金立，二〇一六），而這個實踐方式，包含了「動機、ADL 功能照顧、以及問題解決能力」三個構面。

此時繼續給予適度引導，開始進行能力回復運動，當一個人經歷失能的生理與心理壓力後，感覺能夠逐漸掌握自己時，對於生活自主意識的提高，進步的感受會非常深刻，而當生活的依賴感減少，照顧負擔也會隨之減輕，在這個過程中，照顧關係是平等與相互回饋的。

參考文獻

林金立（2015）。〈自立支援的台灣實踐〉，收錄於《亞太長期照顧國際研討會論文集》。台北。

劉立凡、王俞樺（2018）。〈自立支援照顧與各國發展之簡述〉。照顧學期刊，3，1-16。衛生福利部，「衛生福利部 107 年度長照服務發展基金政策性獎助經費申請作業規定暨獎助項目及基準」，2018。

介護福祉士養成講座編集委員會，〈介護の基本〉，2019

林金立（2018），〈照顧意識建立的過程〉。照顧學期刊，1，1-7。

竹內孝仁，雷若莉譯（2015）。竹內孝仁的失智症照護。原水，台中。

邱文達、李玉春、林金立等（2016）。〈自立支援於機構應用的模式與發展〉，《醫療與照顧整合》，P373-374，五南出版社，台北。

林金立（2019），〈提升問題解決能力，笑容就出來了！〉。創新照顧專欄，https://www.ankecare.com/article/450-17134。

林金立
社團法人台灣自立支援照顧專業發展協會 理事長

第三章

「老」之初體驗

自二〇一七年本會到台灣考察後，我們將「自立支援」照顧模式引入自己的長者照顧服務。我們嘗試在長者院舍及日間護理中心有系統地推行此照顧模式，並積極向業界推廣，但除了自立支援的概念及操作方法，我們深信同工能切身「感受」長者失能的情況，有助自立支援的概念貫徹落實在服務之中，所以，我們多次舉辦內部同工培訓、「自立支援」專業培訓體驗證書課程及業界分享會等等。截至二〇二二年六月，我們已舉行十四場內部及對外的體驗式培訓，參與人數達四百六十三人，當中包括二百六十四位管理及專業同工，一百九十九位前線同工，過程中

大部份參加者都是第一次被約束和穿着尿片，親身體驗長者的失能與無助，有的表現得恐懼不安，有的則有感而發，激動落淚，無論他們更明白服務的長者，痛心家中年邁的父母長輩，還是擔心他朝君體也相同，這種體驗也為他們帶來很多醒悟。現在我們來聽一聽參加者的「感言」分享，也許會引發大家的反思，為改變長者照顧服務踏出第一步！

吳凱欣
計劃經理

14/12/2018 CFSC 護士 姜姑娘

這天體驗深深感受到長者如果身處這環境而每天都是這樣，真的不好受，所以我們做照顧者，應當好好為長者設想，要維護長者及尊重長者，那麼長者才得到適當及應有的照顧。

14/12/2018 CFSC 保健員 胡先生

參加完是次體驗活動後有深刻的感受，雖然手腳只被約束三個小時，但感覺已是生不如死，不單是身體上的不適、麻痺、疼痛，最重要的是那種心理上的煎熬，何況是那些被約束的長者呢。

14/12/2018 CFSC 照顧員 張姑娘

深深體會到長者平日的情況，等待別人的照顧，自己甚麼也做不到這種感覺實在難受。作為照顧員，每天貼身照顧長者，自己對工作也有反思，如聽到長者主動請我們協助，如果手頭上有工作，盡量不要請他們等，可請其他同事幫忙，或告知長者完成手上的工作，大概何時可以幫他，讓他們安心一點。

21/12/2018 CFSC 物理治療師 鄺先生

到底在長者的健康安全和長者自身選擇之間如何取得平衡，平衡點定在哪裏，都是我們在推行之前需要深入探討的問題。

21/12/2018　CFSC 社工 勞姑娘

很多時在長者服務中，很容易便會從自己角度出發，認為只要對他們安全，很容易便替長者們完成一些其實他們也做得到的事；其實，往往這樣只會適得其反，令長者更覺得自己沒有用，餘下的日子也是沒有希望和目標，漸漸失去對生活的期盼。

18/12/2018　CFSC 護士 蕭姑娘

長者面臨認知退化，身體衰弱時所需要的身體及心理照顧壓力極大，照顧者應反思如何能做得更好，在提供安全的環境及適切的照顧同時能帶給他們「希望」的訊息，而不是漫無目的的「等待」。

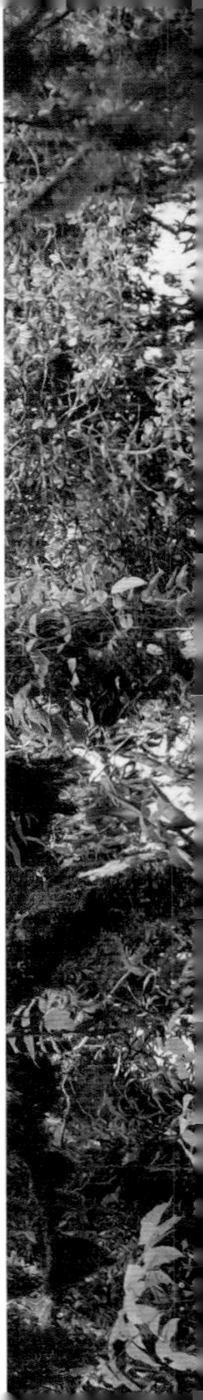

14/12/2018 CFSC 中心經理 陳姑娘

在過程中我經歷穿上尿布並綁在輪椅上動彈不得，即時令我聯想到中心的長者會員，雖然他們並沒有被約束，但因着他們的身體狀況，他們沒有能力活動四肢和身軀，事事依賴護理員照顧，感覺並不好受。再者，他們認知能力減退，對外界事物一知半解，如同我戴上眼罩，只聽到不同聲音，卻不知實情，原來感覺很迷茫。我終於明白為何長者愛睡覺，原來當我不能與外間有互動，或未能掌握外界環境，便會自然地「關機」，享受寧靜和平安。不過，作為服務提供者卻經常以為叫醒他們，是對他們好，原來我一直做錯了！

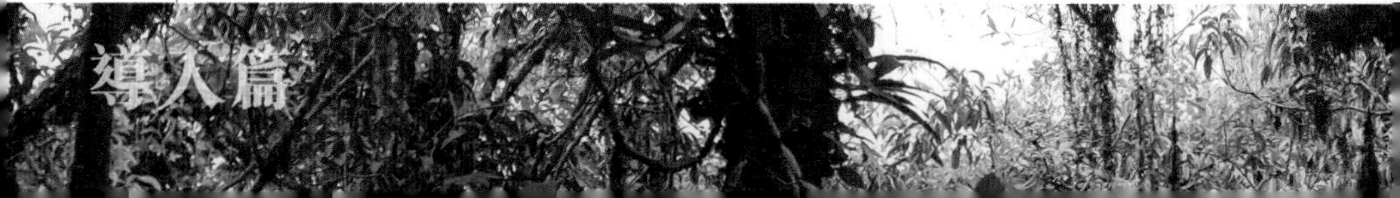

14/12/2018 CFSC 高級經理 曾姑娘

我們都是用心去照顧長輩，以為已用「同理心」去做服務，可是有時卻想錯方向。雖然香港仍有漫長的路走向「零束縛」，尤其「到戶服務」，同工一週只能探訪數小時不等，同工及家人的認同與教育實需時處理。

14/12/2018 CFSC 護士 梁姑娘

我覺得長者能夠過自己想過的生活，這一點頗有意思，疾病令人失去活動能力，失去自由，失去信心，失去過往生活的模式，更令人失去希望，重燃夢想作為推動力，也許令一些長者起作用。今次體驗實在有好大的提醒，在照顧長者時，要有良好的

溝通，取得共識，用他人願意接受的方式處理，才是真正的服務。

14/12/2018 CFSC 社工 Sammi

服務理念改革現時傳統的長者照顧服務，反觀現時長者照顧體系經常標籤為「被限制」、「被照顧」及「被動」，使到長者無法自我滿足，享受基本的人權和自由，服務以人為本，而不是為人帶來壓力及痛苦。概念上滿足長者身心發展，不過實際推行有保留，在滿足長者飲食的期望中，要對長者的身體狀況加以考量，並適當調節程度。

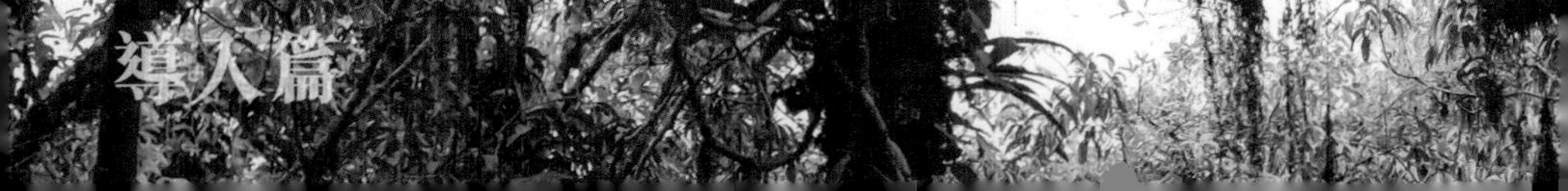

14/12/2018 CFSC 社工 Rita

是次體驗活動叫服務提供者，包括前線照顧員及社工、後至管理層至機構，甚或從城市政策的層面叫人反思我們的服務理念是甚麼：到底我們只希望長者「活着」如飼養動物，延長他們難過的生命，還是我們能好好檢視我們的長者作為一個活生生、有尊嚴的人，好好從人道關懷角度關注他們的生活品質。

14/12/2018 CFSC 治療師助理 呂姑娘

一直以為長者年紀大，就要用不同器材去輔助他們的生活，去解決問題就好了，但通過這次活動才驚覺到，其實可以用正面鼓勵態度去推動他們，再次以懷着「夢想」去繼續精彩的人生！

不是在老年階段中生存而是享受生活。

14/12/2018 CFSC 院長 溫姑娘

「長者能夠過原本的生活」、「要在生活上令長者有希望」是今天令我最深刻的說話！什麼是「原本的生活」？我相信尊嚴及自決地過着餘下的晚年是重要的！但這份尊嚴，是蘊含很多的「玄機」，當中包括了今天自立支援課堂內所提及的「品質」照顧！我覺得這「玄機」是需要人與人之間的關愛及互信才能締結出來，從而影響整個社會的文化！如是因，如是果，我深信今天我們如何照顧長者，他日我們就被他人如何照顧！

23/11/2020　香港房屋協會　黎小姐

自立支援照顧模式是理想護老／復康概念，值得廣泛推行，使未到達需要護理的人提早進行營養運動，以延長自理能力，若能夠復康，則不需到安老院居住，居家安老方能使長者更加安心。況且，長者留在家中的熟悉環境，有家人在身旁，進行自立支援的復康照顧模式，可事半功倍。

23/11/2020　香港房屋協會　姜小姐

體驗到長者受到身體的約束，生理上的改變，心理上的創傷，了解到長者的絕望、恐慌和無奈，以後在工作中，盡量讓長者生活得舒適、開心、有尊嚴。

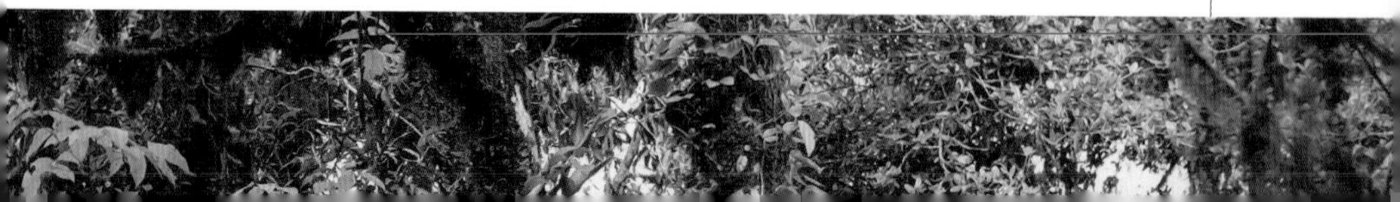

21/5/2021 救世軍南山長者之家 李先生

「照顧」不是由工作員單向提供服務，而是如何配合長者，讓長者過他們喜歡又滿意的生活。「安全」重要，但長者的「意願」才是更重要考慮的條件／因素，從兩者中取得平衡，才能建立更「好」／「理想」的照顧模式，總括而言，對「人」的服務，更應「以人為本」！

21/5/2021 Generation HK 陳小姐

「照顧」不是全面照顧長者之起居飲食，而是協助他們回歸自己想過的生活。尊重長者的意願，誘發他們復健的動機，建立「以人為本」，回歸基本的照顧，令長者擁有「生活」而不僅僅

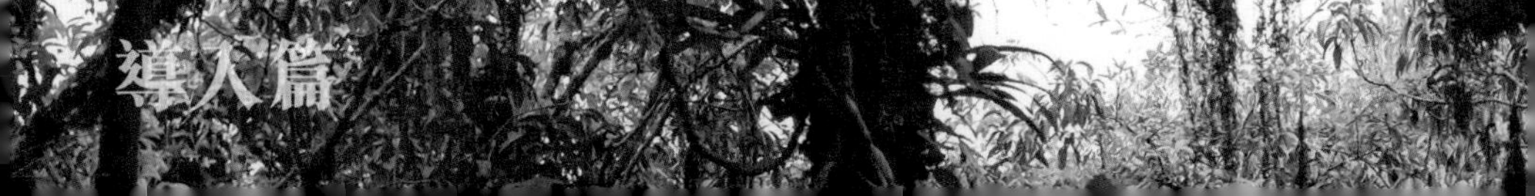

是「生存」。

14/1/2022 Generation HK 余小姐

行樓梯時很感受到行動不便的無奈／無助感，亦更加看到照顧員是有多大的責任。

14/1/2022 Generation HK 鄭小姐

「自立支援」的概念是非常理想，但在香港面對人口、人手、講求效率、「快靚正」的概念下，要取得平衡，是一件艱辛的工作及漫長的路！

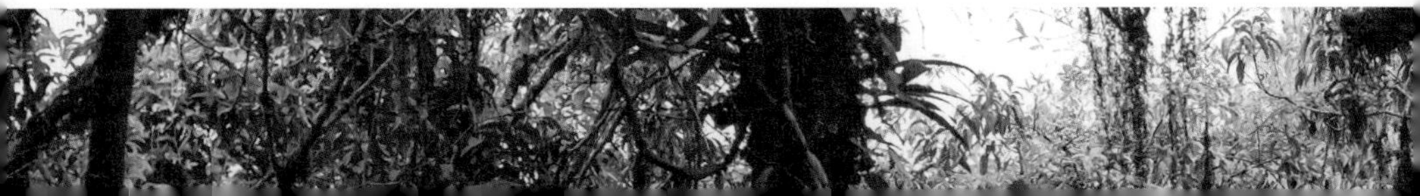

個案篇

第一章

就讓我們一起努力吧！

一場世紀疫症，擾亂了整個世界的節奏，上學的課業落後，營商的業績下滑，就連長者日間中心的老友記，也普遍因為訓練暫停而身體機能倒退。所以當疫情稍為緩和，保善如常推着輪椅上的秀君精神奕奕的回到中心，治療師、護理員及社工等無不為兩老喝彩，原本要兩人扶抱的秀君，竟然不退反進，在老伴攙扶下一步一步的行起路來。

「疫情期間中心雖然保持開放，但好多長者擔心受感染而無返中心三個月，由原本識自己食飯，倒退到要人餵食；有些甚至忘了如何脱褲子如廁，要人幫忙才行……沒辦法，很多老友記家中有工人照顧，事事代勞，一切安全為上，有時反而會窒礙他們的復健。」真光苑長者日間護理中心經理鄧麗貞說。

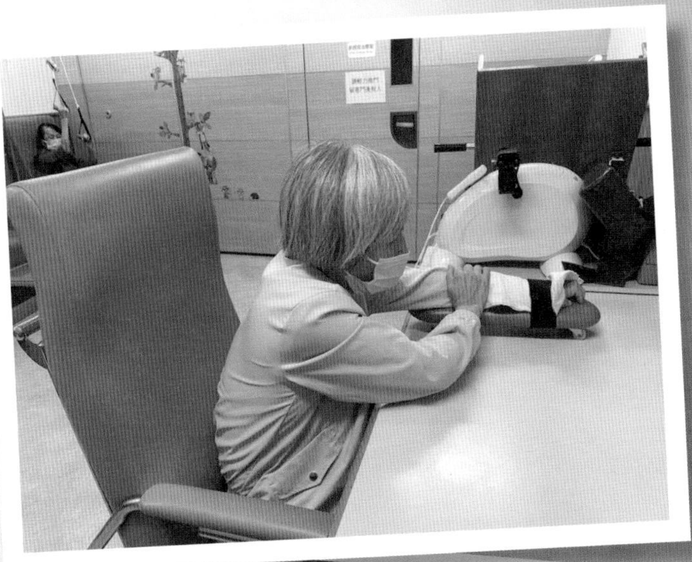

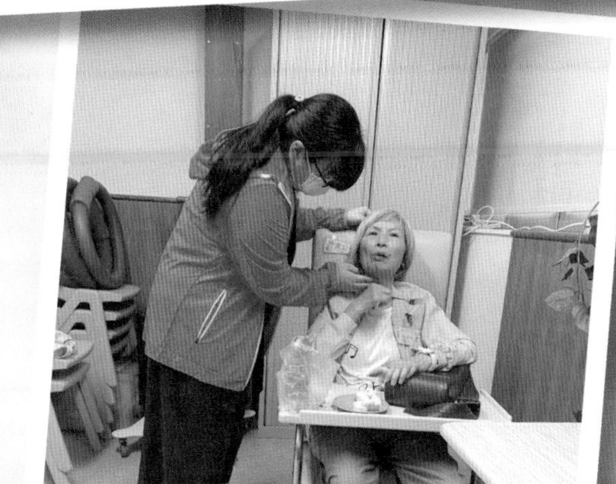

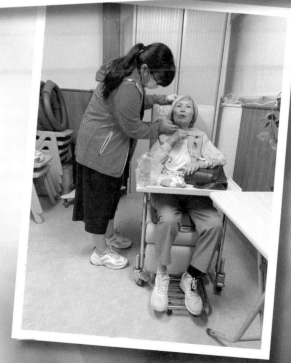

像秀君的進步，鄧經理笑說是萬中無一。如果自立支援是一門課，秀君肯定是「模範生」，她的堅毅和鬥志，大抵就是藏在她瘦小身體裏的「強力引擎」，而丈夫保善無疑是最強的「伴讀生」。

鄧經理說：「秀君的堅毅可燃點家人的鬥志，雖然中風後的她口齒不清，但我們都猜，她如此努力，為的是想減輕丈夫照顧上的壓力。」

我們一起慢慢來吧！

來到保善和秀君的家，大廳當眼處掛着兩老的結婚照和粵劇照，「那年頭大家都迷上學大戲，趁結婚週年紀念，我拉她去拍

的。」一頭白髮的保善溫柔的拖着旁邊的秀君説。穿上鮮紅色婚紗的陳年花車娃娃仍安放在膠盒內，置於電視上方。秀君則坐在電視前方的輪椅上，正踏着復健單車。

保善拍拍她的手大讚：「她呀，好勤力的！」

他大抵是我見過最愛讚老婆的丈夫。

「疫情前我每朝六點幾起身，煲水洗杯，七點幾叫醒秀君刷牙洗臉，替她拉筋，八點有中心專車在樓下接她去做訓練。秀君好勁，七點十就要我落樓，催到我氣咳。

「中心的治療師教她幫手指拉筋，她回來教我，我早晚都陪她做。中風後左手舉不起來，現在都能抬起一些了，替她沖涼也輕鬆了點，真的好叻呀！」

「疫情無得返中心，我每朝就扶她出走廊行一個鐘，然後返入屋食早餐，沖涼，又開始踩單車煲劇，我趁空抹地、煮飯，十二點半開飯，飯後去午睡，睡醒下午茶，吃飽又落街行一個鐘，有時用『叉』，有時不用，每天如是，她從無『扭計』或『偷懶』，反而是我有天起來頭暈暈，要『請假』一天。自從她病了，我的身體都差了很多……」

「中風影響說話能力，大小二便，她以前唔識講，惟有穿尿片。經日間中心的言語治療師訓練，現在很多單字都講得到，叻好多了……」

丈夫一輪機關槍式的讚賞，秀君終於聽得不耐煩，一邊拍打雙腿，一邊皺眉耍手大叫：「唔好呀！唔好呀！以前先好，而家唔好！」

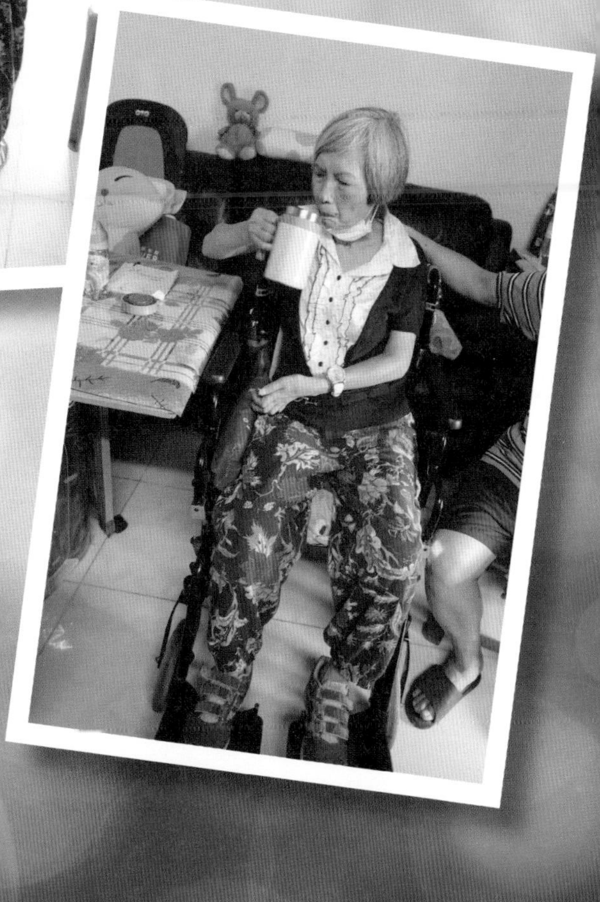

對於秀君的反應，我們都有點不知所措，保善卻溫柔的捉着妻子的手耳語：「秀君，意外無人想發生，你以前行得走得，現在無以前咁好，係咪？但意外唔發生都發生咗，我們一起慢慢來吧，你已經進步好多㗎啦，知唔知呀？」

八號風球都要去探病

保善形容，秀君一向倔強好勝，獨立自主。兩人幾十年前在製衣廠邂逅，他是裁縫，她是車衣指導員。拍拖幾年結婚，「那時五百蚊擺圍酒，成隻乳豬上枱，公價人情三十蚊，工廠管理層畀五十蚊，有個老友仲做一百蚊人情。朋友新車落地無耐，借畀我哋做花車。」

聽一個年近七十的伯伯回想婚禮的瑣碎事，感覺特別甜蜜。

「秀君結婚後專心照顧三個細路，一個人湊三個嗝，好辛苦喋，你話係咪好叻先？」一家五口，靠保善揸車搵食，一份唔夠做兩份，總算不愁生活。後來保善退休，轉去兼職揸小巴，孩子也都大了，秀君才出去派派傳單貼貼街招，賺點外快。

以為兩口子終於可以悠閒過日子，怎料四年前一天下午，秀君工作途中忽然中風昏迷，保善趕到醫院，太太已告危殆，幾經折騰，手術又手術，夫婦倆再見面，已是一個月後的事。

保善回想那段日子猶有餘悸：「給她嚇一嚇，我由一百四十幾磅跌到百一磅，晚晚失眠，每天只等時間過去，八號風球我都堅持去醫院探她，仔女晚晚捉我去食飯，怕我撐不下去。」

命是撿回來了，但康復路極其漫長。為方便照顧，醫院把秀君轉介到護老院暫住，以為可減輕照顧者壓力，沒想到更叫保善牽腸掛肚。

護老院的公式生活

「入老人院……精靈的都變唔精靈。」

不是道聽途說，這可是保善的切身感受。「秀君住的護老院，大夥兒每朝七點幾起身食早餐，然後就一直坐到十一點幾食晏。飯後無耐，全部人都被捉晒上床瞓覺，到二點半出來下午茶，之後一直坐到四點半晚飯，飯後五點幾又被推上床……怎可能捱到天光？」

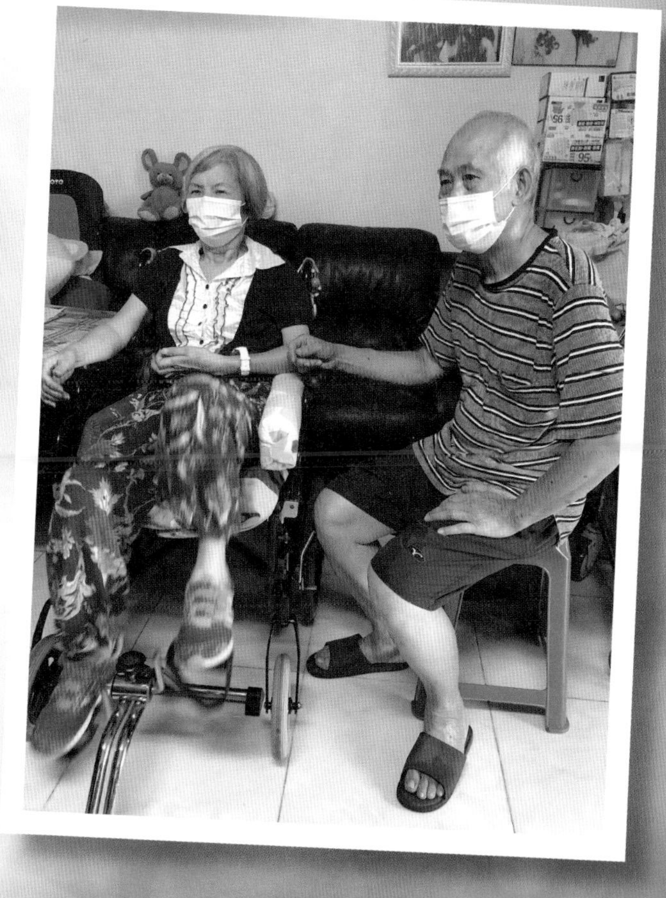

食、瞓、坐的納悶日子，秀君雖然不會講，卻都反映在情緒上。「秀君在老人院常常發脾氣，試過推她回家，她一不順意就從輪椅滑下來，軟攤在地上不肯起來，街坊都跑來幫忙，好慘。」

為了令自己和秀君安心，保善寧願貼身照顧，每天待在老人院幫秀君刷牙、換片、按摩、拉筋、陪散步。後來醫院社工來訪，保善索性提議把秀君接回家住，並轉到日間護理中心，「她都不讓人家換片，反正都是我來照顧，回家不是更好？」

保善自覺準備就緒就是了，「秀君中風，女兒即為我報讀了長者護理課程，學扶抱、過床……導師都覺得奇怪，同學都是準備投身這行業的年輕人……大家知道我是為了照顧中風的太太而來，都很感動，竟然為我鼓掌……」

但現實跟理想總有距離。接秀君回家後，保善才發覺，他即使花九牛二虎之力，還是抬不起秀君。「她兩隻腳唔夠力，我一個人根本抬唔起，要等到週六日女婿回來幫忙，才可以扶起她。」

自立帶來的寬心

世界不似預期，但很多事情又似乎早有預備。回家後的秀君，每週三天到日間護理中心「返學」，中心以「自立支援」為目標，致力提升長者的自理能力，長遠可延長他們在社區的生活，也就是協助他們賺來更多自由自在的時光。

中心為秀君度身訂造了一系列的復健計劃，包括步行和言語訓練。「初來的秀君好抑鬱，經常叫喊，唔肯食飯，要先生送飯才肯吃，倒是各種訓練都積極配合，反而是先生對於步行訓練有點憂慮，害怕太太跌倒受傷。」中心經理鄧麗貞説。

「先生最初每次來接送都很緊張的詢問進度，又會告訴我們，秀君在家有多『論盡』，我們惟有慢慢向他解釋，並請物理治療師教他如何在家幫助太太復健，如怎樣扶抱、轉移、扶行等等，請他給太太多一點信心。當然秀君的堅持，是給丈夫最大的動力。」

保善愈肯配合嘗試，秀君愈見進步神速。每天「放學」，兩口子還要在住所樓下散步一小時才回家。日子有功，秀君的表

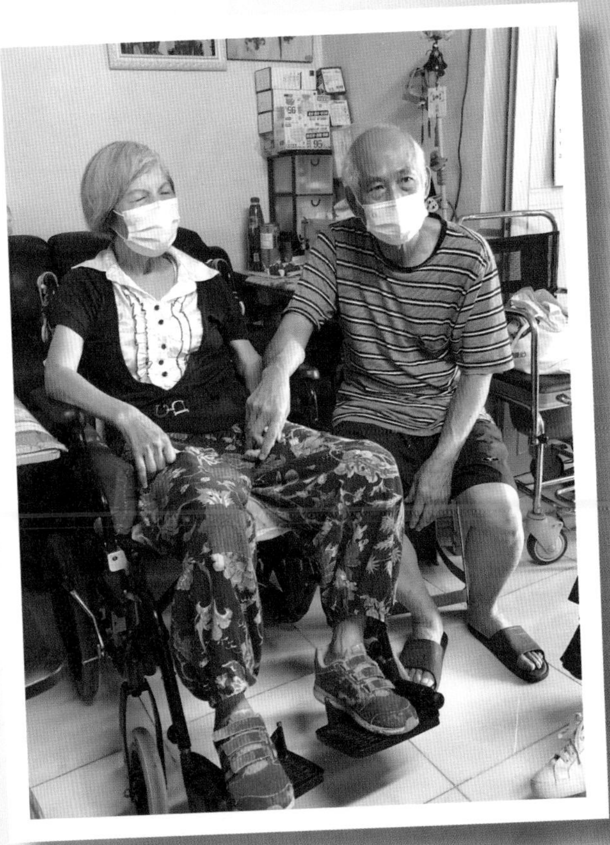

達清晰了，雙腿也有力了，保善最欣慰，「返中心後真的進步很多，我現在一個人都可以扶着她散步、上廁所，連紙尿褲都不需用了。」所以即使因疫情暫停回中心一段日子，保善依然能幫助秀君保持狀態。

自理能力提升，不用事事假手於人，人也就開懷了一些，「秀君連抗抑鬱藥都減量了。」

開心的又豈止秀君，保善也因此更有力行下去。除了步行及踏單車訓練，還特意到文具店買來些小學生用的格仔簿，每天給秀君練寫練讀親人的名字。日常大小事，如斟水、飲水等，只要秀君能自己做的，他都讓她自己來。

「疫情時因為怕受感染，我們沒回中心，我要找家姐來幫忙

看顧秀君才可外出買餸，每次都提心吊膽，怕她要上廁所，家姐一個人扶不了她。現在她愈行愈好，我就安心好多了。每次她回去中心訓練，我就可去看看中醫，照顧一下自己。對秀君啊，陪得一日得一日，希望她可以開開心心。」

保善輕聲告訴我們，社工已告之，津助院舍都差不多排到了……

精靈的秀君急忙搖頭打岔，「我而家無事啦無事啦！」

保善忍不住笑說：「係啦，你唔想去老人院，係咪？我哋暫時唔去啦，總之大家一齊努力。你畀心機做訓練，我都好畀心機照顧你，好無？」

自立支援貼士

提升生活功能、減低照顧壓力，延續居家生活

自立支援中，復健與運動都不是強迫的，工作員需要協助個案尋找復健動機，將動機化成目標，按目標設計相關訓練，並把訓練融入生活。就秀君的個案來說，她中風後喪失説話及左側活動能力，及後，工作員發現她對於成為丈夫的負擔感到不安，故工作員為秀君訂立訓練目標，其中提升自我照顧能力，配合復健訓練，包括上、下肢運動及言語治療，令秀君重拾活動及説話能力，逐步邁向減輕丈夫照顧壓力的目標，這樣亦有助提升秀君的自我價值，改善秀君與丈

夫的生活品質，協助秀君延長居家生活的時間，彼此一起過着想要的生活。

第二章

原來我爸會說話

「我爸爸啞喋。」

兩年前，錢先生推着輪椅，把患有認知障礙的爸爸送到附近的觀塘長者日間護理中心做評估，就是這樣介紹爸爸的。

「爸爸自從有病之後就唔應人，唔知係唔肯講，還是唔識講，總之就點撬都唔開口，最多都係唔唔唔咁應幾聲算數……」

他一直以為，這個病令爸爸丟了記憶，連帶說話能力都消失了。送他來中心，主要為減輕媽媽的照顧壓力。畢竟媽媽都老了，還要幫忙照顧仍在唸幼稚園的兒子，如果連媽媽都出事……實在不敢想像。

只是沒想到，這決定竟意外地讓他發現了「另一個爸爸」。

「來到日間中心沒多久，他竟然跟姑娘打招呼！見人會笑，

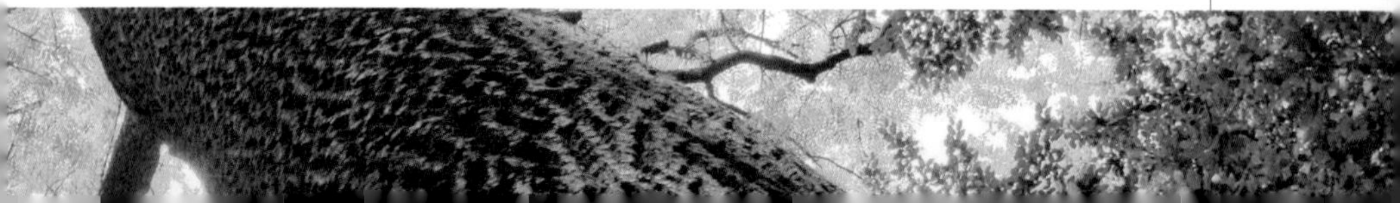

還會跟教會來的人握手傾偈，好神奇！我們好久沒見他笑了。」

這得歸功於日間中心的幾隻「開籠雀」，特別是錢伯伯在這裏的「阿媽」——照顧員蘇姑娘。

偷渡打開話匣子

「無愛心做唔到我們這行啦！中心幾十個老人家，個個性格喜好都不同，你要摸清他們底細，他們才會理睬你。你見他是潮州佬，就跟他講幾句潮州話，讚滷水好食；見來自上海的，就大讚小籠包一流。總之人人都是我鄉里，老人家好好哄的，哈哈哈哈哈！」

蘇姑娘是那種大情大性的開心果，快手快腳，油腔滑調，

滿頭白髮的「仔仔女女」都被她哄得甜滋滋。不過她也不單靠把嘴，為了鼓勵老人家多喝水，她和中心同事百寶盡出，一時利賓納、一時高山茶、一時柚子蜜，務求讓他們每天攝取充足的水份，達到「自立支援照顧模式」的健康指標。

她笑望着錢伯說：「他啊！初來時滴水不沾，食藥都用口水送服，哄他飲水，他就趁你不為意把水吐到大班椅下……」蘇姑娘屢敗屢試，終哄得老人家愛上喝利賓納。「所以說，他轉變真的好大啊！」

好奇問她：「你是如何『撬開』錢伯把口的呢？」

「行出行入都撩吓他囉！有時會摸摸下巴，提他我姓蘇（與鬚同音），他想想就會記得。試過有次大夥兒講起偷渡，他很有

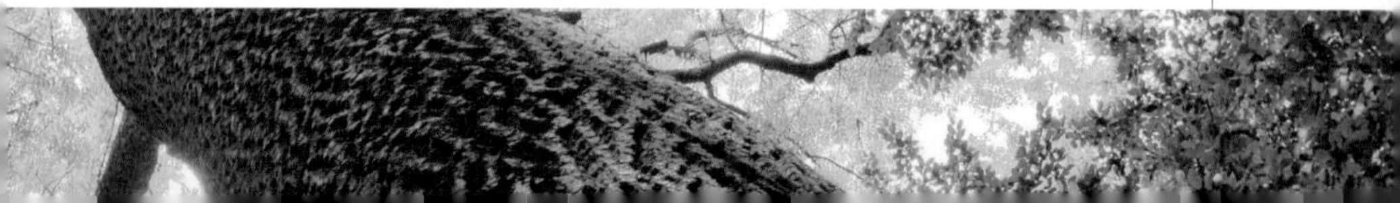

反應，告訴我們他攬着油罐游水偷渡來香港，我們還笑他蠢，應該去澳門嘛，那裏有錢派，他就嘻嘻的笑說自己當年行錯路來了香港。」

這段「光輝歲月」，錢伯每天都會重複五六次，中心也特意安排一些較健談的院友坐他身邊，大家也不介意來個迴轉式搭訕，漸漸地，錢伯連自己舒服不舒服都願意講就是了。

麻將治療放飛劍

蘇姑娘還記得，錢伯初來甫到時，高血壓、糖尿病、柏金遜、腦退化、焦慮樣樣齊。步履不穩、平衡力差，經物理治療師評估需靠輔助架步行，坐下來時則用圍板保護，怕他跌倒。「但他最

吻拆安全椅的圍板，我常笑他是飛機工程師！哈哈哈哈哈！」

不過最教蘇姑娘煩惱的不是拆圍板，而是吐口水。錢伯喜歡「放飛劍」，令其他會員怨聲載道，工友也疲於奔命，後來知道他愛搓麻將，就試試用「麻將治療」，「反正這是很多老人家的嗜好嘛！」中心現在每逢下午都會開兩枱麻將，老人家都自動埋位，個個龍精虎猛，錢伯當然也不例外。「有牌打醒好多，連吐口水的習慣都無埋。」

錢伯來中心差不多兩年，話多了，步履穩健了，皮膚滑溜了，用尿片也大大減少，「我們透過定期如廁訓練改善他大小便失禁的情況。而每次如廁後，工作人員也會陪他圍繞中心行一圈才返回坐位，希望他的腿能有力一點。家人都覺得很神奇，阿仔最着緊他，常打電話來問爸爸有沒有大便，不過，聽說他家的洗手間門是上了鎖的……」

只能說，家家有本難唸的經。

只能兩害取其輕

「家裏房間距離洗手間有段路，爸行得慢，試過行到一半已出事，留下一條『水路』，害我差點跣倒。我受傷事小，我媽半

夜上廁所好幾次，如果她跌倒就大鑊。兩害取其輕，我只好犧牲爸爸，索性把洗手間上鎖，寧願讓他用尿片……」

他每天放工後和上班前，親自替爸爸換片沐浴更衣。爸爸最近一個月終於輪候到安老院舍，他每天放工都去探望，週六一早，又從院舍接爸爸到日間中心，讓他探探老朋友和玩他最愛的麻將。儘管爸爸已把他認錯為「弟弟」。

「那是新建的院舍，還未上軌道，活動較少，好靜，無人和爸傾偈，他好像又變回從前般沉默，所以我堅持每週都要帶他回來日間中心……我知他不喜歡院舍，每次送他回去都見他臉色一沉，眼濕濕的……我今天去接他，見他有點咳，待會要帶他看醫生，我懷疑院舍姑娘都未必知道……」

讓他活得有尊嚴

這兩父子不算親密，錢伯以前賣魚，工作辛勞，父子溝通不多。錢伯患病的這幾年，反而是父子相處最多的日子，「他是傳統惡爸，有甚麼不對勁就喊打，我一直比較親媽媽，直至爸爸有病，才照顧多一點。」

話雖如此，他對爸爸也不無歉意。

「他在日間中心進步神速，但剛好排到津助院舍，也只好接受，否則又要再排過隊……如果有得揀，我寧願繼續在家照顧他，每天帶他到中心就好。」別說錢伯，其實作為照顧者的他，這幾年也進步了不少，「最初爸爸有病，講話可能慢一點，我們唔識處理，容易『燥底』，幾次下來，他可能就索性不開

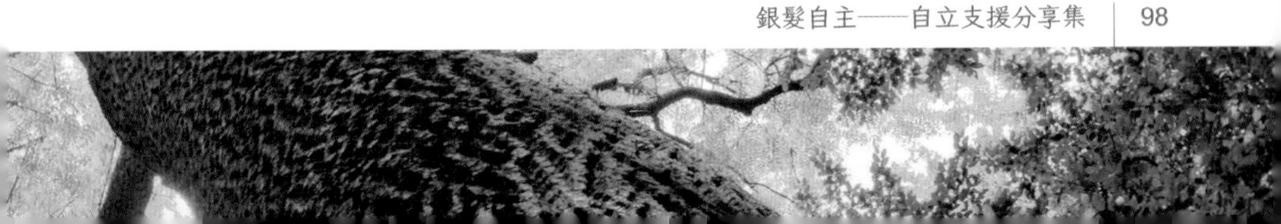

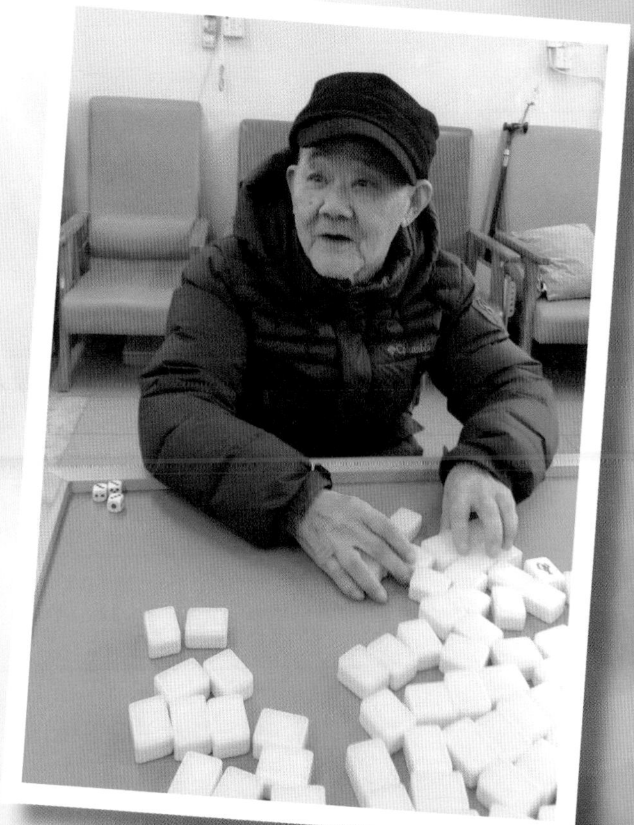

口了……」到了日間中心後，父子的相處變得更得心應手，卻奈何香港的長期照顧服務名額有限，欠缺彈性，社區支援不足，為着未知的將來，只好先「抓住」一個宿位，被迫放棄現有的相處時光。

香港從台灣引入「自立支援照顧模式」，顛覆傳統的護老概念，以不包尿布、不臥床、不約束為目標，協助老人提升自主生活能力，減輕照顧負擔。作為照顧者的錢先生，感受甚深，「這是自尊心的問題，無論活到幾多歲，人還是需要活得有尊嚴。」只是這模式，對人手的要求也特別高。

蘇姑娘說：「來得這裏的，都已是人生的夕陽了，餘生還求甚麼呢？只希望一天有幾個小時開開心心，家人又可以唞唞氣。

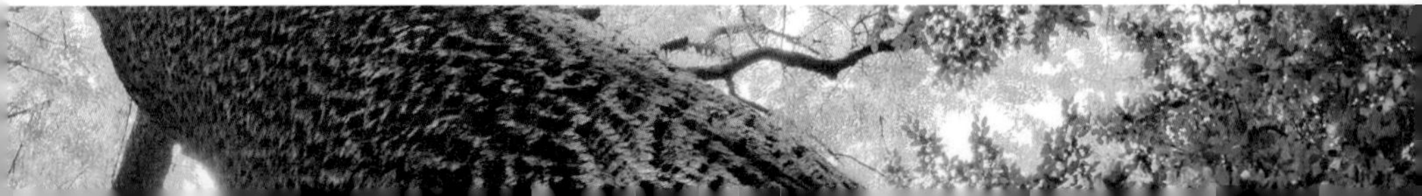

日間中心雖然幫不了甚麼，但總好過老人家流連公園又或在家對住四堵牆。我們做多一點又何妨，見到他們有進步，家人開心，我們都有滿足感。」

錢伯伯最初很抗拒吃蔬菜，蘇姑娘與中心同事於是想到把菜混合肉碎放米飯中，希望增加錢伯伯的纖維吸收，漸漸便秘問題也改善了。所謂自立支援照顧，其實就是這樣從小事入手，替老人解決日常生活的實際問題，從而提高他們的生活質素，讓他們過自己想要的生活。

自立支援貼士

善用環境及互動刺激

不少長者抗拒飲水，因為長者擔心頻尿，加上味覺退化，覺得清水無色無味，沒有吸引力，所以中心特別預備不同飲料，如利賓納、高山茶、柚子蜜，味道相對豐富，能夠刺激長者味覺，增加喝水的意願，從而維持身體基本機能及吞嚥功能，穩定情緒，維持意識水平。而透過同事主動聊天及安排周邊會員的互動及喜愛的活動，讓錢伯伯變得活躍起來，嘴動腦則動，連帶其他身體機能也逐漸開動。

而為了改善錢伯伯下肢肌力不足，影響步行穩定性的情

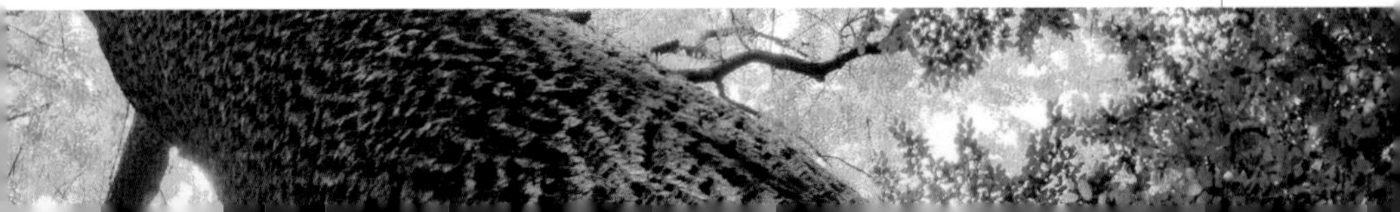

況，中心利用伯伯如廁後的時間，藉機安排同事陪伯伯圍繞中心行一圈才返回座位，不但能夠增加長者運動的機會，提高活動量，透過環境改動，讓運動落入生活之中。

第三章

給他一對翼
從電動輪椅開始

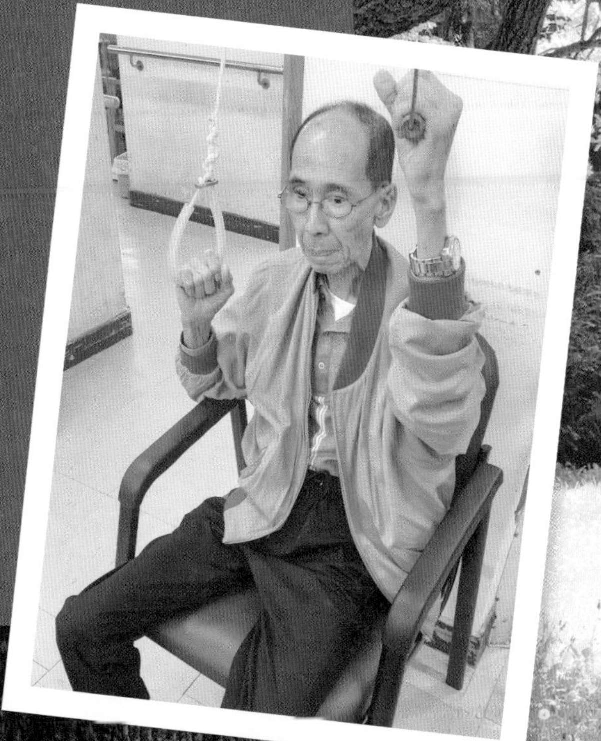

和兆熙聊天很開懷，談電影談音樂，講科技講美食，可以幾天都聊不完。一顆好奇跳脫的心，住在一個偶爾會「死火」的身軀之內——兆熙是柏金遜症患者，手腳常常不由自主的震顫，有時更會全身僵硬動彈不得，自從照顧他的太太病逝後，他就一直「被困」在家。直至在長者日間中心「偶遇」一部電動輪椅，他才重新添上一對翼，繼續遨遊世界，探索人生。

「我像染上『輪椅癮』……去年一個人行會展，見到一部由沙田一班中學生研發的可摺式電動輪椅，好輕，成本價千三元，超抵。出面的『豆泥』電動輪椅都賣萬幾元，廣告講到天花龍鳳，坐落都唔好用。我自己這張其實都幾好，外國貨，操控好自然，續行可以三四個鐘，去哪裏都無問題，只是放不進一般的

士，一定要 call 鑽的……」

聽見兆熙一副專家口吻在介紹自己的輪椅，坐在對面的孫兒阿基都忍不住偷笑了。眼前七十六歲的外公也真太強了吧！這個非一般的老人家，平日愛上 YouTube 和逛展覽，搜尋資源的能力超強，阿基也笑說自認不如：「他最喜歡搜尋關於柏金遜症的資料，好似個個醫生都認識，好厲害！譬如疾病影響他吞嚥，上次去美食展見到賣相精緻的糊餐，他便叫我上網訂一大堆回來試食。他以前做餐廳，對食好有要求。」

甚麼都想學的好奇寶寶

三歲定八十，兆熙生性好奇又好學。十來歲從澳門來港定居，在親戚的餐廳幫工，由茶水部「拉𨋢」開始，「餐廳廚房同樓面分兩層，煮好的餸菜要搭𨋢落去，碗碟又要拉上來，都好重㗎！」他喜歡嘗新，遊走不同崗位偷師，做沙律搓麵包炒小菜，「我個子小，湯煲好高，其實不適宜『埋爐』，但我真的好喜歡做餐飲，就去學囉。」

學滿師，就跑出來開檔做老闆。「窮的唯一出路是做生意。」別看兆熙瘦弱斯文，談起生意經來還是活力滿滿的。年輕時在中環樓梯底賣咖啡三文治，後來搬入舖頭愈做愈大，搞裝修做招牌整燈箱全部一腳踢，弟弟都跑回來幫忙，卻因此留下了晚年的伏筆——最後兄弟倆意見不合，兆熙決定退股，一切歸零，按他自己的說法是，「胡胡亂亂筆錢用完，就去半山做管理員」。

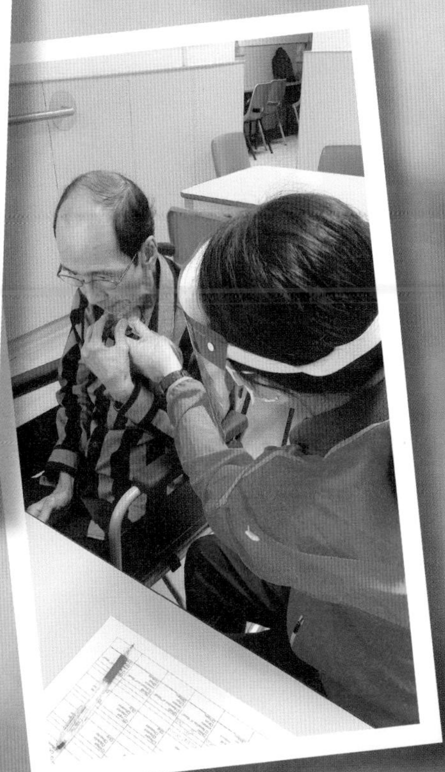

那年他才五十歲，身體的毛病卻都跟着跑出來了。

「工作無法集中，常頭暈，見到人就震，好驚……」家人帶他四處尋找病因，醫生最初懷疑是情緒病，給他鎮靜劑，怎知他服藥後連行路都有問題，輾轉求醫，最終才確診柏金遜症。兆熙五兄弟中，四人都是柏金遜症患者。

太太的肩膊助行

之後幾年，兆熙病情急轉直下，連獨自上廁所都很勉強，情緒愈來愈焦慮。本來在雲吞麵店打工的太太，只好辭職全心照顧他。

「那時甚麼都不懂，不知道有電動輪椅，也不會用助行架，

每天只搭着太太膊頭借力行路，令她晚晚膊頭痛。出街又經常撞落路邊花槽跌倒，一個月總有兩三次入急症……」後來他認識了幾位病友，一起籌組病人自助組織，做義工、學唱歌，學習尋找資源自助，譬如到長者日間中心，藉以減輕太太的壓力。可惜的是，兆熙剛上中心不久，太太便因急病過世了。「好內疚，感覺是我害了她，她照顧我好辛苦……」

觀塘長者日間護理中心經理崔保寧姑娘憶述，最初中心為兆熙評估，發現他有中度抑鬱，身心都被困。作為推動自立支援的中心，團隊很想為兆熙重燃生命力，至少有限度重拾昔日的活力。除了步行訓練和口肌訓練外，也大力鼓勵他參加中心的活動。剛好就在此時，有街坊送來，張家人用不着的電動輪椅，小巧輕便的，適合身形瘦削的兆熙，團隊便抱着姑且一試的心態，給兆熙試用。

崔姑娘笑說：「職業治療師評估後認為兆熙的手指控制能力不俗，腦筋也清晰，開始和他進行密集式訓練，帶他出附近商場試行，放假孫仔又會陪他到公園走走，終於在半年後『考牌』合格，他不知多開心！」

阿基見證外公的轉變，最感安慰。「他是一個很有好奇心的老人家，只要你肯教，他慢慢就會學懂。自從有了電動輪椅，他終於可以像以往一樣來去自如，不用常困在家，社交圈子大了，人都開心多了。」

輪椅上看新世界

一張輪椅可以載兆熙去到幾遠？

阿基隨便舉個例子，「上星期我和他過海飲茶，食飽飽後他就趕我走，然後自己『揸車』去行百貨公司。以前買餸只能靠家務助理，有時好難開口買些複雜的東西，譬如想要魚腩下面塊魚肉，怎講？於是總是求求其其買就算。有了電動輪椅，他可以親身去街市或超市慢慢揀，自主好多。」

逛街市和超市，到醫院複診等都是小兒科，兆熙有時會獨自乘車到科大，貪其飯堂有靚景兼美食，甚至試過長途跋涉獨自一人搭過海巴士去逛美食節和電腦節，前陣子還上葵涌祖堯邨見牙醫，阿基都嘖嘖稱奇，「祖堯邨不是在山上嗎？」對於外公的脱

胎換骨，他歸功於自立支援的概念。

「自從患病後，他一直是被照顧者，外婆過世，他被逼留在家，面對四堵牆，想法愈來愈負面，所有事情都不妥當。日間中心的訓練和支援，令他重新踏出社區，可以出去探親戚見街坊，這對老人家來說很重要。他有時會回來分享，說跟中心的會員打麻將，談談隔鄰位是非。除此以外，他的吞嚥能力都有進步，以前和他吃飯，總有一碟他吞不下再吐出來的食物，最近少了很多。他對食有要求，最喜歡咕嚕肉，我常買給他吃。」

在旁聽的兆熙忍不住插嘴：「還有春卷、鹹水角和乾炒牛河！」阿基笑說：「能讓他繼續做自己喜歡的事，我覺得非常重要，他的自信都提升了。」

連續多年做中心主席

兆熙和應說：「我的生活多姿多彩，真的講十日都講不完。」訪問尾聲，兆熙更從襯衣袋裏掏出一張「貓紙」來，說要跟其他長者分享為老之道。「我以前很困難，怕見人，離開家門，搭升降機去到二樓就要轉走樓梯。後來有了電動輪椅，人一踏出門，心境已完全唔同，社會上其實有很多平台幫助我們。」

他獲選為中心委員會主席約四年，常常帶領會員做集體踢沙包運動，每日又為中心抄寫餐牌，過年時更會寫揮春送給大家。他很想鼓勵其他老人家，開放自己，感受世界的真善美。

好奇問兆熙，為甚麼喜歡逛電腦展？他說：「想買電腦來

看電影呀！後生好迷 007 鐵金剛、史泰龍、奇連伊士活、李小龍……現在愛看 YouTube 片，也愛聽黑人唱歌，那首 Only You（可真是模仿黑人腔口唱出來）……你知道嗎？」

自立支援貼士

持續發揮能力，實現自我及生命價值

兆熙使用電動輪椅後，日常生活能自己照顧自己，減少對別人的依賴，讓自己能像正常人一般的生活，擁有生活「自主決定」的權利及能力，重新掌握自己的生命節奏，重拾以往的生活習慣，並經常性參與社團相關活動，融入社區。對一位失能者來說，利用輔助工具，解決大多數日常生活活動功能的實際問題，不但帶給長者滿足感，並增加他們的自信心，提升其生活品質（QOL）及滿意度，讓長者感受到「今天的生活很充實」，讓他們重拾對生命的動力，提升

生活自主性與尊嚴，因此，自立支援提倡透過環境與工具的輔助，維持長者原本的生活模式。

第四章

靠自己 吃好每一口飯

曾經在台灣媒體上讀到這樣的故事：一位照顧者好不容易請來外傭照顧患失智症的爸爸，有天中午，她回家拿東西時，恰巧碰到老爸在吃飯。只見外傭在老爸胸前圍上一條毛巾，然後就讓他自顧自的在吃，像「仙女散花」般弄得滿桌滿地都是飯菜。她怒火中燒大罵外傭，並重新示範如何整潔地餵爸爸吃飯。她倒是沒想過，這麼一個指令，會讓她爸漸漸失去拿湯匙的能力，到最後甚至連飯也不會吃了。

發掘長者的剩餘能力，好好運用它來過日子，是自立支援的核心概念之一。年紀大，機器壞，昔日游刃有餘的，今天都可能力不從心了。當如廁、更衣、洗澡都得假手於人，吃飯，可能是

很多長者最後唯一能自己做的事。

靠自己吃好每一口飯，帶來的尊嚴與自主，對長者來說意義非凡。看基督教家庭服務中心的專業團隊如何出盡法寶，由改變食具到飯餐，協助長者自己好好吃飯。

大碗飯的美

香港的醫院或長者中心大都習慣用鴛鴦碟，即是扁平有間隔的餐盤，把餸菜分開上桌，但因為餐盤太淺，長者舀餸菜時很容易「仙女散花」，特別是認知能力或手肌稍遜的長者，更顯「論盡」。這天踏入基督教家庭服務中心的翠林長者日間護理中心，卻看見不一樣的情景。幾個患有認知障礙症的長者，捧着日式餐廳常用的黑紅色大碗，拿着飯匙一口一口的在吃飯，感覺寧靜又優雅。

「我們最初買了十隻大碗回來試用，第一次見婆婆吃大碗飯，忍不住大叫『好靚女呀你！』枱面不像平日般滿佈飯粒，好企理好舒服。」中心經理陳婉芬笑說。

別小窺這種美，背後其實聯繫着一個人的尊嚴。

婉芬解釋：「部份認知障礙症的長者有選擇困難，鴛鴦碟上枱，有時都不知要吃甚麼好，有的只吃飯忘了菜，有的只吃肉不吃飯，過程中需要很多提示，甚或餵食。為避免這情況，同事常常把餸菜混入飯碗內，但這樣一來，滿滿一碗，長者就更難吃了。同事都忙於清潔，提示長者不要這樣不要那樣……」

肯定說不上是安樂茶飯吧？婉芬搖頭說：「所以後來我們想出轉用大飯碗，即使飯餸放在一起，碗裏還有大大的空間，容易讓長者在不受打擾的情況下，按自己的節奏和喜惡慢慢吃。我們在自立支援的訓練過程中都嘗過被餵食的滋味，知道被照顧不是福利，我依賴你餵食，是否代表你可以支配我的需要？我見過長者索性閉起雙眼吃飯來抗議。想吃得有尊嚴，自主權很重要。」

先吃肉還是吃菜？想嚼多久才吞嚥？長者若能自主，食慾也就隨之而來。

婉芬想起中心一個婆婆，家人告訴她，婆婆早已失去自己吃飯的能力，疫症前每天都由家傭陪伴來餵飯。「疫症期間為減低感染風險，我們不讓家傭前來，便嘗試趁機給婆婆自己吃，這才知道她仍有自己吃飯的能力，只見她真的很努力一口一口把飯餸送進嘴巴，最後更自己『清碟』呢！像這樣的個案，中心其實不少。」

我幫你舀飯

九十歲的鄧伯伯是其一。患有青光眼和白內障，雙目幾近失明兼有認知障礙，平日由外傭照顧，每天餵食，但鄧伯吃得愈來愈少，體重直線下降。女兒鄧小姐慨嘆：「爸爸以前很愛吃，常常食宵夜，後來雙目失明，自己吃飯變得愈來愈艱難，但最初還是能拿着小匙吃最心愛的奇異果和雪糕……有時見工人姐姐餵飯，嘴裏那口未吞，下一口已硬塞進去……但有甚麼辦法？我們

那時倒真沒想過，爸爸還能自己吃飯。」

女兒把他帶到家附近的真光苑日間護理中心，職員進行了一系列評估，發現鄧伯的手肌沒有想像中乏力，於是讓他拿飯匙一試。中心經理鄧麗貞說：「因為視力不佳，鄧伯最初也握反了飯匙，但只要提醒一下，很快便能掌握放飯入口的動作。」

他能做甚麼就給他做甚麼，那管只是極微小的動作，這是自立支援的信念之一。午飯時間，麗貞就請同事一對一照顧鄧伯，先請他握好飯匙，然後一匙一匙的把飯餸舀到他的飯匙上，再由他自己送進嘴巴。沒想過這方法真奏效，鄧伯竟可自行吃完一碗飯，體重也漸漸回升。

言語治療師林愛珩提醒，別看輕這微小的進步，「鄧伯這動作能刺激大腦多個重要區域，再把信息發送至肌肉來協調肢體。如果只坐着張嘴給人餵食，這些過程便全都消失了，長者很快會失能。所以你見長者被餵食時，一般只會張開櫻桃小嘴，但自己食呢？進食意識會大大提升，嘴巴也會張大一些。」

雞有雞形　魚有魚樣

另一個能增加長者食慾的，無疑是飯餐的色香味。因為咀嚼或吞嚥能力下降，很多長者需要轉吃糊餐。無論吃的是雞、魚、豬、紅蘿蔔還是蔬菜，一律是糊狀，非常乏味，有時混和在一起，更難引起食慾。林愛珩見很多長者對糊餐都味如嚼蠟，於是在去年底引入另類便當，「先把食材攪拌成糊，然後加入酵素放進模具定形，做出來的食物，雞翼是雞翼模樣，菜心是菜心模樣，長者看見都開心一點，胃口也大增。」

只是，無論飯餐設計多麼惹人垂涎，長者因為機能退化，也難大嚼大喝，吃飯時間太長，是很多家屬選擇餵食多於讓長者自己吃飯的原因。尤其是冬天，飯餸易涼，有些放太久甚至會出水，為解決這問題，基督教家庭服務中心的專業團隊便想出用一人一暖壺的方法解決，讓長者可以慢慢吃。

千方百計，只求保住長者的吃飯能力。林愛珩說：「肌肉用得愈多，動作就愈精準，如你甚麼都幫忙長者做，他只會更快地失去原本擁有的能力。所以說，照顧長者是門大學問。」

尋找剩餘能力

入行十幾年，陳婉芬見證很多家人因為愛而間接令長者丟失剩餘能力。「長者有病就甚麼都不用他做。但試想想，一個煮飯四十年的媽媽，你忽然不讓她進廚房，要她去玩記憶卡，怎樣說得過去？她只會心思思不斷尋找機會入廚房『搞搞震』。是的，她或許已沒能力煮好一餐飯，但摘菜總得了吧？每個老友記都一定有餘力，我們的工作，就是要努力去尋找他們的餘力，鼓勵他們好好運用。」

翠林長者日間護理中心每逢週五便有個茶水檔，用來訓練長者的生活技能，由婆婆們主理。「我們把果醬麵包的製作程序仔細分工給幾個婆婆，有的負責舀果醬塗在麵包上，有的專責掃平果醬，能力高點的去拿小刀切麵包。她們雖沒法子獨力做好果醬麵包，但能參與製作，已提升了能力感，自然感覺開心滿足。

「自立支援的精神不在於高技術高科技，而是對人的溫度和敏感度。

先和長者做朋友，對他們多點尊重，相信他們有餘力，給他們安全的環境做自己仍能做的事，他們的日子就會過得好一點。我常提醒同事，他朝君體也相同啊！凡事將心比己，整個護老行業就很不一樣了。」

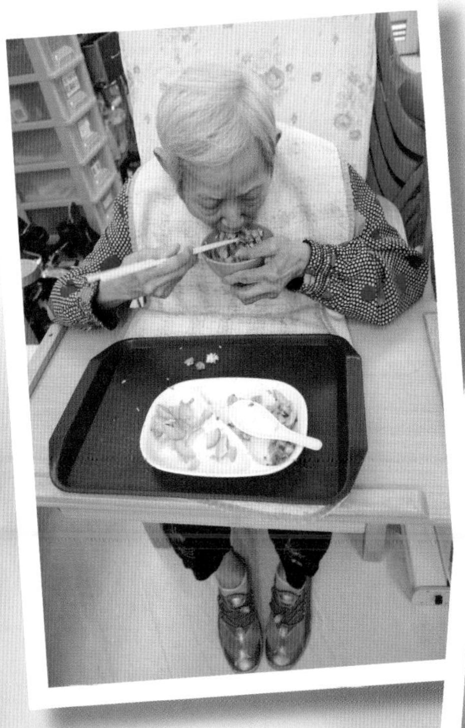

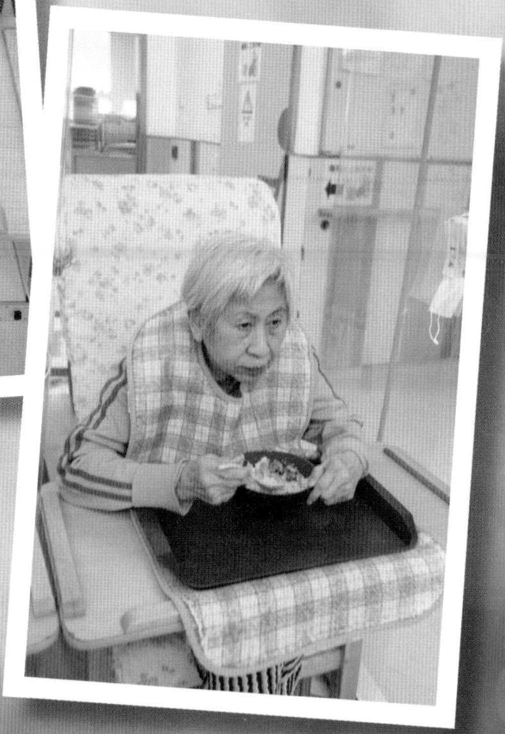

自立支援貼士．

能做就讓他做

基於「用進廢退」的理論，經常使用身體某功能，就會使其愈來愈進步，反之則會退化。傳統照顧是直接幫長者解決起居生活的困難，如長者手會抖難以自行進食，或是要花很長的時間用餐，照顧者就會幫忙夾菜、攪拌、餵食，雖然感覺看似很貼心，可是卻會讓長者愈來愈依賴、功能愈來愈退化，甚至令原本剩餘的功能可能都喪失了。此外，長者被迫快速吃飯時會產生不適感或哽噎，從而引發厭食的感受，最後造成營養不良的狀況。因此，自立支援主張善用長者剩餘的能力，從以往「幫他做」的觀念，轉換成安全情況下的「讓他做」。就以用膳為例，我們可以運用輔助工具的幫助，如料理碗取代格仔碟，減少飯菜掉落，或利用暖壺保持食物溫度等，鼓勵長者自主進食，當長者有需要協助時，照顧者甚至可以輕輕扶住其手背，減少手的抖動，讓他可以更順利的自己進食，這個過程不但體現自立支援照顧，而且亦提升長者的自我效能感和自尊感，並發揮充權的作用。吃原是一種享受，若連享受的過程也受支配，那只成為保壽活命的一個程序。

第五章

港版「柑仔店」讓長者重拾生活感

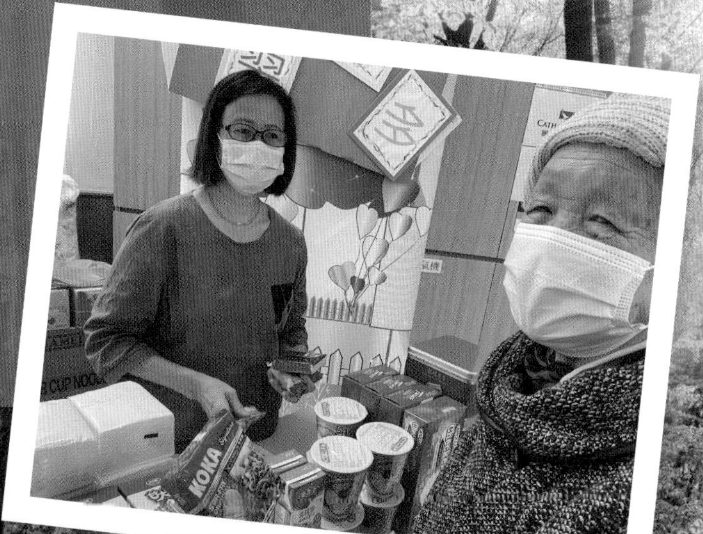

推行自立支援老人照顧模式的台灣安老院舍裏，很多都設有柑仔店。所謂柑仔店，其實即雜貨店，是市民購買日常用品的地方，也是很多長者昔日喜歡與街坊流連和跟店家殺價的場所。

台灣的倡導者林金立老師曾經説過，小孩和老人有點像，他們最常聽到的一句説話就是「不可以」——雙腿無力不可以自己出街、吞嚥困難不可以吃燒肉、容易跌倒不可以自己沖涼……種種的不可以，無形中奪走了「生活感」。這些柑仔店的設立，除了可以增加長者與別人互動的機會、鼓勵他們多做運動多喝水外，最重要是重塑他們的生活感。

沒牙婆換魷魚絲給孫兒

香港人出名靈活多變，柑仔店來到香港，變奏出不同版本——懷舊士多、運動會、茶水檔，非常精彩。基督教家庭服務中心服務總監（長者院舍及悅齡服務）楊靄珊解釋，概念其實很簡單，就是先訂立某個目標，以代幣Token為獎勵，完成後可自由換取禮物。「這是行為治療的一種，香港很多社福機構一直都在用。把它放在自立支援的院舍，其實是想活化生命。」

聽來諷刺，生命本來就是活的，何需活化？這或許可比喻為舊樓，年紀大機器壞，也就失去了年輕時的生命力，楊靄珊希望透過這些柑仔店，重燃他們對生活的期盼。

「台灣院舍的柑仔店，專『賣』平日在院舍找不到的杯麵和薯片等零食，甚至有新鮮熱辣的糖水，每回開檔，長者真的會衝出去搶購杯麵呢！我們的院舍也有士多，只要長者完成運動訓練，或是協助院舍擔任義工都可以賺取代幣，為鼓勵長者參與，院舍會預備長者年輕時最喜歡的奶茶咖啡、餅乾小食及日常用品等，全都很受長者歡迎。這些微小的事情，對他們來説正正就是生活樂趣，意義重大。」有點像小學生最期待的小息鐘聲，每天鐘聲一響，他們就跑落小賣部買魚蛋燒賣，那滿足，是生活的燃料。

有些中心更刻意玩時光倒流，團隊四處搜羅魷魚絲、樽裝維他奶、綠寶汽水等懷舊食品回來，再配上舊式汽水箱、零食吊架等，一間七、八十年代的港式士多活現眼前，老友記見到都雙眼

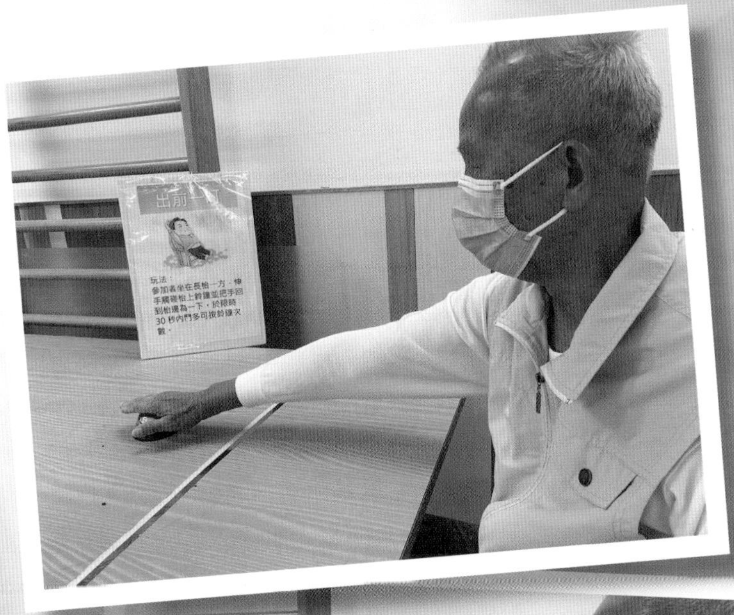
出前
玩法：
參加者坐在長枱一方，伸
手觸碰枱上鈴鐘並把手回
到枱邊為一下，於限時
30 秒內鬥多可按鈴鐘次
數。

出前
玩法：
參加者坐在長枱一方，伸
手觸碰枱上鈴鐘並把手回
到枱邊為一下，於限時
30 秒內鬥多可按鈴鐘次
數。

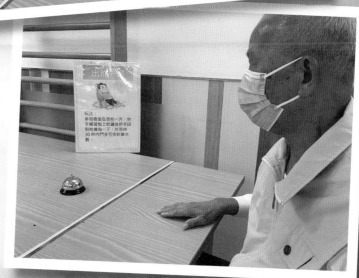

發亮，很有親切感。

要幫襯士多，就要先「賺取」足夠代幣，有的院舍靠做運動，有的要參與小組活動，有的則靠多飲水。楊靄珊説，如何「賺錢」其實不太重要，更重要是他們都靠自己能力去賺，「他們有時換來的獎品都是送給家人的，譬如沒牙吃魷魚絲的婆婆，卻堅持換給孫仔吃。那種『我都做得到』的成功感，是很重要的意識改變，我不是一個只懂坐着躺着等人照顧的老人家，我都可以有貢獻。」

不定期細運會

這類獎勵計劃在機構推行了三年，至今大約有一半服務單

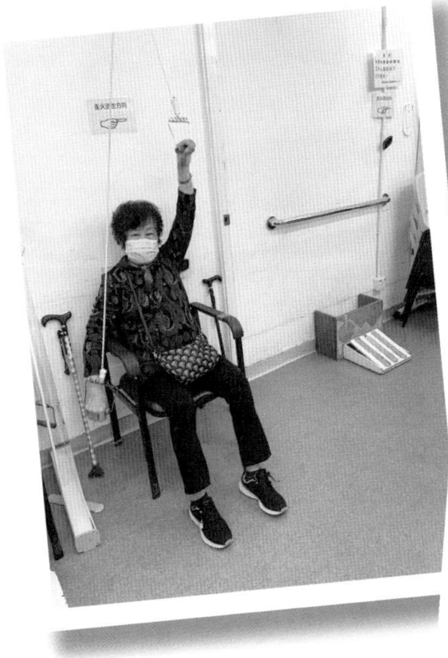

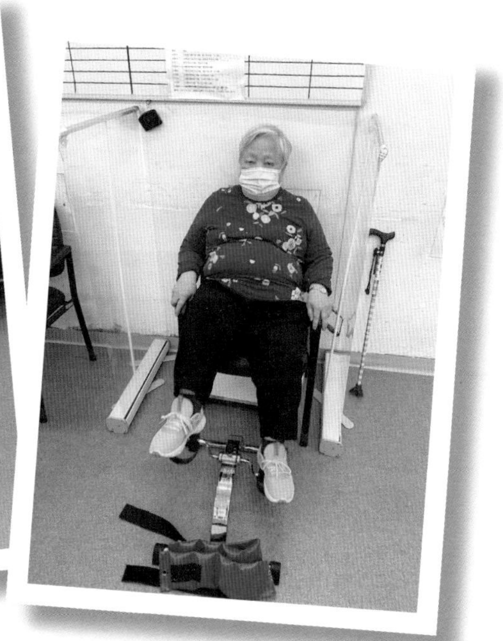

位參與，翠林長者日間護理中心是其一，它的「耆翠士多」和「翠林細運會」是每月的重點節目，如果以長者的笑聲和期盼作指標，它的評價肯定極高。

中心經理陳婉芬解釋，為了鼓勵長者多做運動，延緩退化，中心除了一日兩次較輕巧的集體運動外，還會不定期舉辦「翠林細運會」，團隊針對不同部位的關節及肌肉，精心設計了四款不同的運動，包括拋豆袋、舉啞鈴、提腿和按叮叮，適合有不同程度身心缺損的長者參與。達標者可獲悉數的代幣來換取小禮物如零食、紙巾、潔手液等。

別小窺這些小禮物，在長者心中可化為很大的動力。陳婉芬笑說：「每次中心開生日會派餅乾，老友記們都會急不及待要吃。我們舉辦競技遊戲，簡簡單單推水樽，獎品是一包紙巾兩包餅，他們都已開心如細路，紛紛排隊玩！」

她還分享了一個勵志小故事。

「記得去年五月我們第一回辦細運會，有位婆婆做運動賺了四百元，卻想在「耆翠士多」換領一條價值五百元的毛巾，我

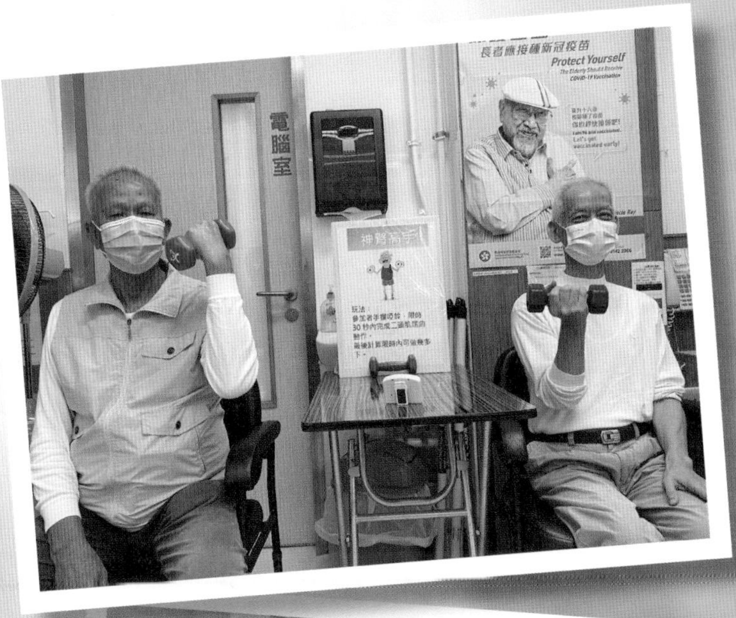
長者應接種新冠疫苗
Protect Yourself
The Elderly Should Receive
COVID-19 Vaccination
電腦室
神臂高手
玩法：
參加者手握啞鈴，限時
30 秒內完成二頭肌屈曲
動作。
最後計算限時內可做幾多
下。

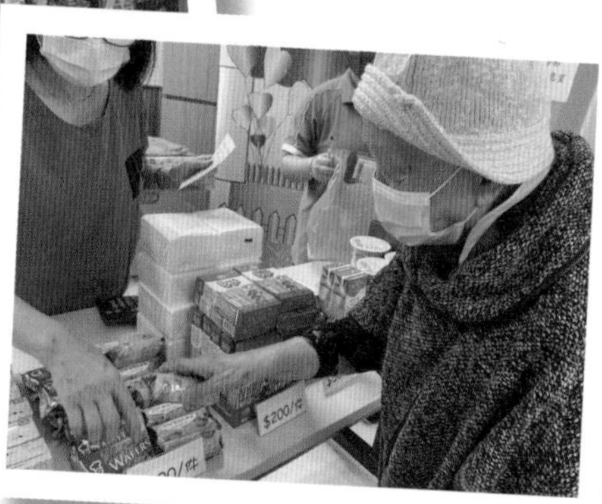

們耐心解釋說不夠分啊！婆婆卻堅持不肯退而求其次，換取價值低一點的獎品。我靈機一觸，就給她一個小啞鈴，請她當場再舉回那『差額』，她真的二話不說信心滿滿的就舉起啞鈴來，大家都拍爛手掌，最後毛巾到手，還多賺了一包糖果呢！」

　　別以為獎勵計劃只有

肢體健全的長者受惠，譬如提腿一項，為求公平，中風者只餘一腿有力，所以健全者的得分要除二。「我們有位截肢的老友記賺到二千幾元啊！有付出，一定有收穫。」

陳婉芬說：「我們早上開細運會，下午開士多。長者有機會離開座位，去選擇自己的心頭好，過程中有很多表達和交流的機會，有些精靈一點的，還會格價，對他們來說都是很好的訓練。我們希望來年能把它恒常化，令更多長者受惠。」

專注投入少上廁所

計劃推行至今，機構也做了初步成效評估，發現長者在參與獎勵計劃時，如廁率明顯減少，反映他們的投入程度。而讓他們

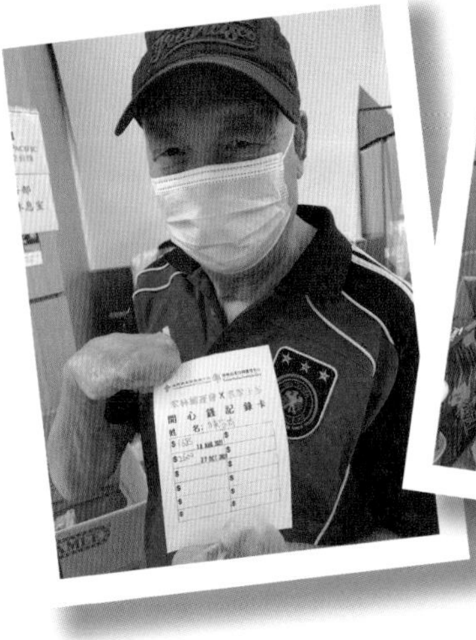

揀選禮物的過程，除了大大增加自主性，也讓他們重拾昔日的喜好，減少生活的脫節感。

橫頭磡長者日間護理中心登記護士梁笑芬姑娘形容：「有些長者可能每隔五至十分鐘就要上廁所，但每次我們開檔換禮物，他們都很專注，連上廁所都忘了！個個眼仔睩睩，積極舉手答問題，無人會瞌眼瞓。而那些因為疫情而疏於運動、一回中心就瞌眼瞓的長者，也都更勤力做運動，希

自立支援
積分賞賞賞
我係泰國香米
我係髮菜
我係冬菇
我係長通粉
我係如意

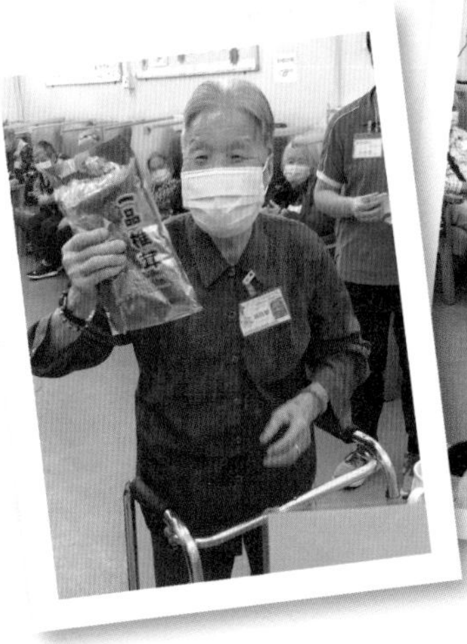

望可以儲足分數換禮物。」

除了做運動，這中心也鼓勵長者表演才藝，譬如中秋節表演唱歌、新年幫忙寫揮春等，中心還設有魔術表演小組訓練，希望透過獎勵計劃，吸引長者參與。梁姑娘說：「這既可發掘長者的興趣，也可製造機會讓他們遇上志同道合的同輩，建立社交圈子。不但長者開心，連我們的同事都很投入，紛紛在家找來些用不着的物資，捐贈中

心作禮物。」

楊靄珊希望，未來可以拓展獎勵計劃的想像，例如除了實質獎品外，也可考慮儲分完成心願。「有些行動不便的長者很掛念朋友，或許儲夠代幣後，就可以兑換一次實現願望的機會，讓團隊親自接送他們去探朋友。升級版獎勵計劃需要更多人力物力，我們會努力循這方向邁進。」

自立支援貼士

獎勵就是改變的原動力

人要有動機才有動力改變，長者亦不例外。中心透過獎勵計劃，提升長者「返學」的動機，鼓勵長者到中心，並參與義工服務或做運動，當完成「任務」後長者可以獲得代幣，而這些代幣則可以用來換領禮物，如白米、小食、生活用品等。計劃不但加強長者「返學」及參與的意願，並轉化為改變的動力，而且長者賺取代幣後，又可以按自己的「心水」，自行決定如何使用自己的「錢」，就像健康時那樣「自己話事」。這樣實踐自立支援既可以提升長者的參與，活化自身身體的機能，同時肯定自己的身份和存在價值，長者並不是「四等公民」（等食、等瞓、等屙、等死），我們要讓一些原本動力不高的長者，透過團體意識的激勵下，誘發他們一起參與，慢慢回復身體功能，有效提升整體氣氛，讓長者和長者、與工作人員、機構之間形成「同體共存」關係，而非單向的照顧模式。

第六章

四腳叉與步行架
美錦與裕花的一段情

美錦與裕花，像電影主角中的名字，天生一對。兩個沒血緣的女人，卻相依半生。

旁人難懂，母女都未必如此黏連，這對婆媳卻因為一句話緊扣在一起。「個仔咁後生就走咗，我都戥佢心痛。」

美錦說的，其實是被癌症帶走的丈夫。

兩個女人，雙雙老去，你病時我照顧你，我老了換你來看顧我。裕花今年九十六了，七十四歲的美錦，為了繼續照顧裕花，在自立支援的院舍內努力鍛煉身體，希望繼續行得走得，陪伴奶奶到老。

想用自己的方法行路

「我本來好嬲佢㗎！」美錦操半鹹淡廣東話，一副大情大性的樣子，「佢喺我面前我都唔怕講，哈哈哈！」站在她面前的任白慈善基金景林安老院一級物理治療師李健希，只低頭微笑不語，倒是美錦補上一句，「我而家多謝佢都嚟唔切啦。」

兩人的「恩怨」始於一雙腿。話說曾經中風的美錦初來院舍時左手不靈，走路也不穩，治療師於是為她制訂連串肢體訓練，如踢沙包及踩單車等，並重點教她用四腳叉步行。有一回，美錦的手提電話壞了，急着想從房間步出大堂打電話，卻被制止，「佢趕返我上床，要我坐喺度等姑娘攞電話畀我，等得佢哋嚟都蚊瞓啦！我行得吖嘛！做咩唔畀我行？真係嬲死我！」

美錦所謂的「行得」，其實是推着輪椅行路。未入院舍前，美錦一直是這樣推着輪椅到街市買菜，然後回家煮飯給裕花吃的。李健希說：「推輪椅來借力成為了她的習慣，但這樣太危險，一失平衡，輪椅就會向後翻。」

不情不願，輪椅換上四腳叉，美錦每天在院舍護理員的陪伴下愈行愈好，幾星期後已經可以獨自行走。可是她就是覺得不自在、不快樂，去跟李健希討價還價，最後兩人各讓一步，四腳叉換上了有轆步行架。

你的快樂最重要

問李健希，這算是自願降級嗎？

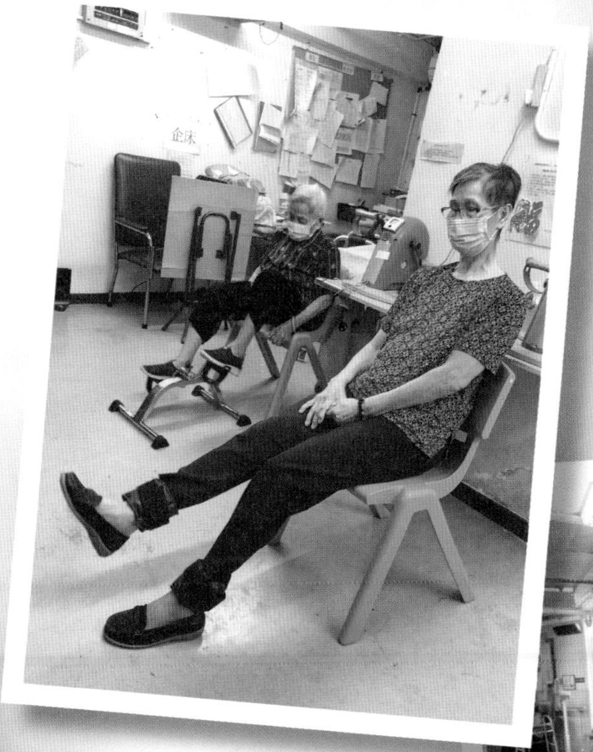
企床

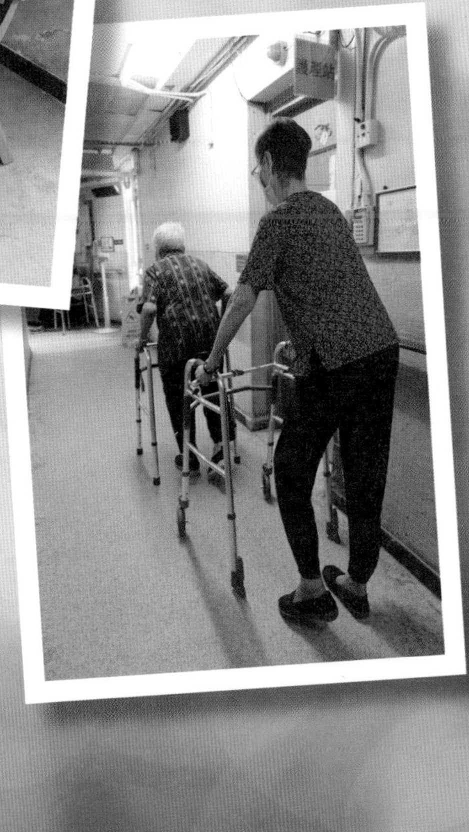

他點頭笑說：「對一般下肢唔夠力的長者可以這樣說，用四腳叉應該比用步行架叻，但是很多中風病人其實無得揀，只得一隻有力的手，好難雙手推着步行架行路。但美錦好厲害，可以克服這問題。我們給她密集式訓練，還要她通過考試才可轉用步行架，最後她考試合格，我們才妥協。有轆步行架用起來更像她慣用的輪椅，她信心大些，人都開心一點。」

這正是自立支援的靈魂所在，「我們不是要逼她做我們認為對她好的事，而是要從專業的角度，看看能否幫她做她想做的事。」被理解被尊重的感覺，大大拉近人與人之間的距離，信任建立了，心窗自然敞開。「美錦告訴我，她這麼努力學行及做運動，只是因為想繼續照顧裕花。所以即使因她左手有限制，對

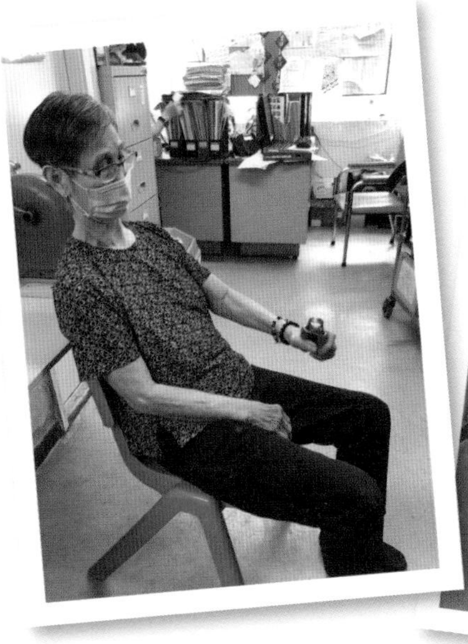

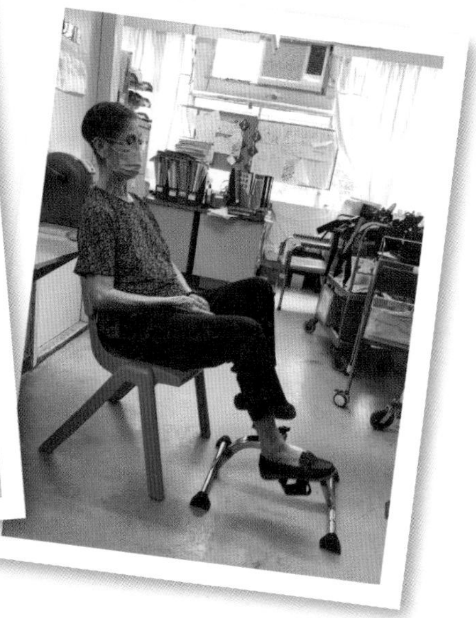

她來說是高難度的織冷衫訓練，她都肯努力去做。」

她是她的代言人

高大的美錦年輕時是女中豪傑，會駕駛鏟車，負責管倉，丈夫早逝，她帶大三個子女，還照顧從大陸來港的奶奶。她在院舍的床頭櫃，藏着一張丈夫的舊照，珍而重之的放在密實袋中。

她偷望了鄰床的裕花一眼，悄悄的拿出相片給我看，「唔似咁早死，係咪？千萬唔好畀裕花睇到……」

裕花只有一個兒子，後來多了一個「女兒」美錦。最初是美錦先獲派這間院舍，高齡的裕花無法一個人在社區生活，無奈得入住私家老人院。美錦焦急得如熱鍋上的螞蟻，日夜掛在口邊，想奶奶轉來和她同住，不足一年，終如願以償。

「美錦是裕花的代言人！」護理員謝姑娘笑説。

裕花是海南人，來港多年還説着鄉下話，平日都得靠美錦做翻譯，「她做甚麼都先顧着奶奶，我們派食物她會先問裕花有無；做熱敷又會先讓裕花做；裕花有時太累寧願在房吃飯，她就陪她在房吃，形影不離。所以裕花最初來院舍時不慎跌倒，美錦

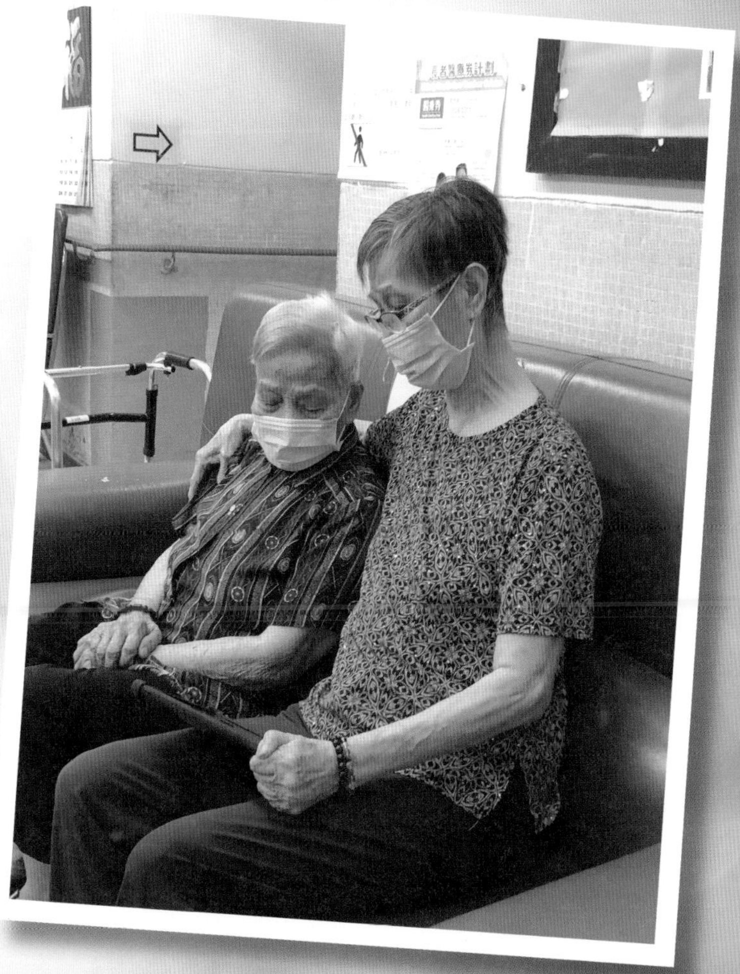

擔心得要死。」

年逾九十的婆婆，還要跌一跤，很多人或會以為只能在輪椅度過餘生。但出院後的裕花，在物理治療師的持續步行訓練，再加熱敷痛症治療下，竟然又可以行起路來。

九十歲都可學行

「阿婆！行畀佢哋睇！」美錦一聲令下，拿着步行架的裕花一步一步的慢慢走，美錦則緊隨其後說：「佢最初行得無咁好，腳痛，而家行得好好多，物理治療師真係好好，我哋住嗰度好安心。」

人活到這樣的年紀，平安最快樂。兩婆媳平常就這樣在院

舍行來行去，一起看電視、做運動、吃飯、聽海南劇……謝姑娘說：「美錦一直積極鼓勵裕花學行，阿婆最初來不大出聲，現在活動能力好了，人都開朗多了。美錦這新抱真好！」

自立支援概念的精神，不但是要協助長者復健，更重要是把這些復健成果實實在在的用於生活之中，讓他們可以找回與其他人以至社會的連結，尋回暖暖的生活感，而非終日困在冷冷的院舍，度過餘生。

「你好、我好、大家好嘛！」這是美錦的口頭禪：「佢隻手其實好過我，我只得一隻手有力。李生訓練佢行，佢可以去廁所，唔使着尿片，開心咗好多，佢好潔癖㗎，仲乾淨過我呀佢。」

謝姑娘笑說，「帶佢哋行」是李健希的口頭禪，院舍一百零幾人中，要像裕花及美錦般重點每天鍛煉步行的老友記至少十個，「他們每天要陪行二十分鐘至半小時，初初覺得這樣貼身陪行壓力好大，也真夠累，但慢慢見他們愈行愈好，很滿足。」

不坐輪椅、不穿尿布、不讓協助飲食與沐浴，是自立支援概念中獨立生活的四大指標，意義重大。李健希解釋：「長者的身體機能容易退化，有時一、二日不步行已變差，所以我們堅持每天都會帶他們步行。這是大膽的決定，因為有些家屬很怕長者跌倒，寧願用約束物品確保安全，我們要和他們談，在中間取得平衡，要讓家屬明白，長者能自由行走的重要性。試過有位婆婆的家人本堅持要用約束物，我們幾個團隊合力游說，終答應讓婆婆

練習步行，家人慢慢開始明白，不約束，原來婆婆開心好多。」

人老了，一雙會行的腿或許就像一對會飛的翅膀，讓人繼續呼吸自由的空氣。

自立支援貼士

步行是生活功能的關鍵

根據自立支援照顧模式，長者大約百分之八十的日常生活活動功能（Activities of Daily Living, ADL），包括進食、轉移、穿衣、洗澡、如廁等，都與步行息息相關。由於步行是日常生活的基礎，強化身體的活動，能夠令腸胃功能運作正常，促進排便，從而改善長者的身體機能。就美錦的個案而言，雖然她曾中風致右側活動能力不良，唯進行復健訓練後，治療師因應她以往的行走習慣，克服因疾病導致之活動障礙，使其逐漸重拾步行及轉移能力，回復自我照顧功能，

盡量過着她想要的生活，增加自立生活的可能性，甚至讓她能夠繼續擔當照顧者的角色，提升其滿足感、生活品質和尊嚴。

第七章

腦不靈光 快樂猶在

沒折翼的小燕

大抵沒多少香港人，會把老人院舍及快樂晚年聯繫在一起吧？不難想像當譚伯決定把相伴三十多年的愛妻燕燕送進老人院舍，內心有多忐忑不安，「她喜歡寫字、看書、作畫、唱戲、織毛衣，這些年來她把這個家照顧得好好，我很滿足。」他退休，她卻病了。換他來照顧她，可是腦退化這個病太兇猛，他獨力難撐，逼不得已只好找援兵。

「她最初入院舍，好曳呀！」談吐溫文的譚伯自嘲粗人一個，對燕燕卻很柔情，即使數落她的惡作劇，還是一臉憐惜。「她靜悄悄的把人家木桌上的院友名牌都撕掉了，還把『殘骸』藏在自己的床頭抽屜裏呢！」

這算是小兒科了。要數燕燕的「往績」，最驚嚇的莫過於她

半夜爬上院友的床上跟人家「孖鋪」，又走去替鄰床的婆婆蓋棉被……

「嘩！咁危險？你而家先講我聽？」鬼馬的燕燕忍不住搭訕。她人如其名，燕子般靈巧，六十有六，還是一副美人胚子。患這個病，腦不靈光，卻仍伶牙俐齒，還懂得跟丈夫打情罵俏，「你唔忿氣？哈哈哈，我個傻婆係咁㗎啦！」

姑娘當記憶捕手

連串「惡作劇」源於對新生活的不適應。負責照顧燕燕的養真苑物理治療師施雅芳姑娘記得，燕燕最初來到院舍，幾乎就只做一件事——遊走，像一輛不停站列車，漫無目的地，日以繼夜

穿梭於走廊之中。這是腦退化患者的特徵，據說是因為新環境帶來的不安所致，也有可能是在尋找記憶中的人與事。

施姑娘於是從她僅有的記憶埋手。

「我趁燕燕做運動時和她聊天，她說自己很有愛心，好喜歡小朋友。後來問譚伯，才知她年輕時教幼稚園，儘管已是很多年前的事，但明顯是她人生最自豪的事。如果我們想燕燕在這裏活得開心，便要設法發掘她這方面的優點。」

想她活得開心——不只着眼於生理需要，還照顧心靈健康，這似乎跟香港院舍給人的普遍印象有點不同，如今卻是自立支援計劃的核心概念之一——人老了，手腳退化了，機能衰退了，連記憶都跑掉了，卻還是希望你能快樂並有尊嚴地活下去。

「我們希望燕燕來到這裏可以多笑一點，自覺仍然有價值。台灣院舍推行自立支援，愛用笑臉做指標，不單看數字，而是重情感，意思是，人活到這個年紀了，還可不可以繼續做自己想做的事呢？」施姑娘說。

這意味着一切得從認識一個「人」開始。住在院舍床位裏的，不再只是冷冰冰的入院數字，而是一段段五味雜陳的人生。除了仔細觀察眼前人外，和家屬聊天，了解老人的故事，也就成了重要的一環。

從不喊累的大姐

燕燕生於大家庭，有六兄弟姐妹，爸爸是生意人，卻熱愛

中國文化，閒時愛聽粵曲，退休後還跟老師學畫習字，燕燕的喜好，大都承自她爸。燕爸今年九十有多了，但譚伯憶起他的善心，還是不禁豎起大拇指，「外父好喜歡默默的幫助人，他試過在街市替人租舖位做生意，助人自助，他對燕燕影響很深。她幾歲大已負責煮十幾人的飯餸，只低頭默默的做，從不喊累。」

年輕時的燕燕喜歡看文學類書籍，看報也只選《明報》，「算是文化人」，有了兒子後，更喜歡自己編故事，凡事愛親力親為，兒子當年升中後，每天還是吃着媽媽的愛心飯盒。「她把我倆父子照顧得很妥帖，我好滿足。」

十幾年前譚伯退休，兩口子日對夜對，一個煲劇一個寫字，相濡以沫。直至五、六年前，結伴去超市買菜，燕燕竟忘記付錢，入院檢查才知患上了腦退化症，日常的刷牙、沖涼、如廁都變得舉步維艱。

「平日都由我照顧，週末兒子幫忙，讓我可以出去行山喘喘氣。後來兒子結婚搬出，本來週末安排她到兒子家暫住，好等工人照顧，但她夾不來，嫌悶，大吵大嚷要回家。」

在家，有譚伯為她精心設計的「玩具」——一堆堆纏在一起的線頭線尾，燕燕愛靜靜的坐着解繩結，一玩便好幾個小時。譚伯也會送燕燕到日間中心做訓練，那是他僅有的「充電時間」，「每週一天，好過無。」

但大家都年紀大了，今天尚算照顧得來，那明天呢？這才有了入院舍的決定。譚伯還一併把家中的「玩具」送過來，希望燕

燕來到陌生的家仍「有細藝」，感覺也就安穩一點。

我只會綁住你的心

當你真正認識一個人，也就比較容易想到讓她快樂安心的方法。

來到院舍沒多久，施姑娘便邀請燕燕幫忙照顧同患腦退化症的婆婆。「她一張嘴特別靈光，又愛關心別人，於是我請她和腦退化的婆婆傾偈，幫忙斟茶遞水搬枱搬櫈。一來可以減少她遊走的時間，二來又可訓練她聽從指令。」

也就是說，與其硬生生把一個愛遊走的人綁起來，不如想想方法，讓那習慣轉化成有意義有價值的行為，讓其他人更懂得欣

賞她。

單看外表，健步如飛且對答如流的燕燕確是個精靈老友記，但其實她已忘掉如何分辨顏色、方向、文字……跟人相處就特別容易帶來誤解。「最初差不多日日走路來院舍探她，怕她不慣，現在見她住得開心，我完全放心，可以周遊四海做隻甩繩馬騮，我現在每星期都去行山呢！」一個人的晚年生活，影響的是整個家庭，甚至好幾個家庭。

燕燕還在這裏找到她的老友記——常陪她唱戲的治療師助理曾姑娘。看她與燕燕攬頭攬頸，嘻嘻哈哈的唱着「霧月夜抱泣落紅……」，忍不住問曾姑娘，你當初是如何融化燕燕的？

她急不及待糾正：「是她融化我呀！她很關心我，見我拿重

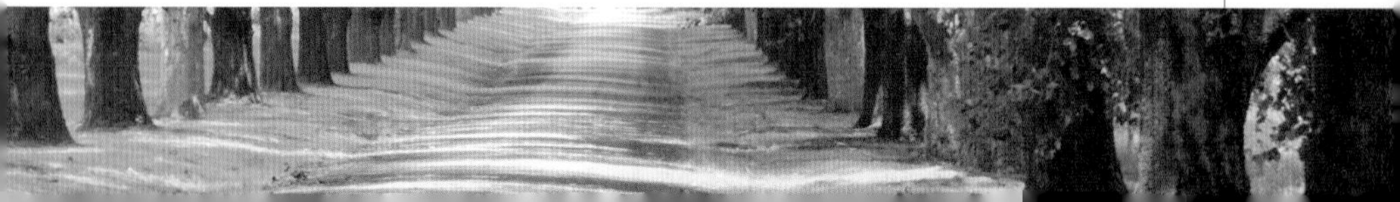

物會跑來幫我，叫我小心，好窩心。」曾姑娘從沒有老人護理的專業經驗，最近才轉行，「人總會老，我好怕媽媽或奶奶將來有腦退化症，所以要學定先，有事上來懂得照顧。」

所以燕燕算是她第一個「老師」。

「真沒想過這麼年輕便會患上腦退化症……」曾姑娘因此對燕燕印象特別深刻，常找機會和她聊天，見燕燕喜歡邊做運動邊唱歌，她又一起跟着唱，兩顆心也就愈走愈近。院舍眾多姑娘之中，燕燕就只記得曾姑娘的名字。

在旁的施姑娘說：「我們從事這些對人的工作，若只當成一件 task，便苦了自己又苦了別人。別以為像燕燕這種腦退化患者甚麼都唔識，其實好人壞人的氣場，她們都感覺得到，知道誰對

自己好。」

這天我們來訪問燕燕，曾姑娘早早就為燕燕打點一切，確保髮絲燙貼衣衫整齊，燕燕也乖乖的樂於當個「模特兒」，都說愛與信任是靈藥。

當很多腦退化患者在老人院舍中終日與安全椅或束衣為伍，燕燕卻能活動自如，繼續做自己喜歡的事，還碰上關心愛錫自己的人。燕燕拋了個鬼馬的眼神給曾姑娘說：「係呀，你唔好綁住我呀！」

「我淨係會綁住你……個心……哈哈哈哈哈哈！」

如果以笑聲來量度晚年，燕燕肯定得分爆燈，是個幸福的快樂老人。

院舍正研究推出Token，老人可以透過做運動、飲水或「打工」賺取，用來兌換小食或其他願望。「希望他們生活得更有動力和成就感。」施姑娘說。

自立支援貼士

找到喜歡與想要的

由於燕燕患有認知障礙症，較難適應院舍的新生活，但工作員了解燕燕以往的背景、職業後，讓燕燕幫忙照顧其他院友，發揮她擔任幼稚園老師和喜歡幫人的「大家姐」性格，讓燕燕在接受服務時，還能繼續做開心且擅長的事，讓「遊走」賦予「方向」和「價值」，亦能幫助燕燕融入院舍的新生活，減少不安的情緒，並維持她的能力，延緩活動能力上的退化，讓燕燕擁有自己的身份和存在價值，生活得更有尊嚴、更有意義。

第八章

只欠一條4XL內褲

「我自己識上廁所！」對於幼兒園裏的小孩和老人院裏的長者來説，這都是一項值得自豪的成就，既關乎孩子的自立，也關乎長者的自尊，所以自立支援其中一個很重要的概念，就是「不包尿布」。

在將軍澳基督教家庭服務中心養真苑，午飯時間，活動室裏坐着十餘個長者，全都患有不同程度的認知障礙。這裏是他們吃飯、看電視、社交的地方，房間不算大，卻設有一個獨立洗手間。物理治療師施姑娘解釋，「他們全都接受如廁訓練中，有的已開始掌握，有的只有白天可以晚上不行，有的還是反反覆覆，希望最後全部都可以戒片畢業，看！羅來妹算是很成功的例子！」

坐在最接近洗手間的椅子上吃着飯的羅來妹，個子不高，胖胖的，卻精神飽滿，而且對答如流，很多院友都愛坐在她身旁搭訕。施姑娘笑說：「阿妹看來精靈醒目，初來中心時我們都以為她的自理能力很高，後來才發現她不會自己上廁所，便趕緊展開步行和如廁訓練，細問下才知道，她從前住的私營安老院比較小，阿妹整天都得待在床上，被床欄困着，定時有人帶她上廁所……」

像被圈養的小動物，不管腦袋或身體，都已沒有活動的空間和需要了。

不懂按「叫人鐘」

「我未跌之前好生猛！」羅來妹是個很可愛的老人家，凡事愛親力親為，一百五十磅、不到一點五米高的她，扶着步行架一步一步的移動，旁人都不敢掉以輕心，好像隨時要準備撲救，她卻從容地點頭示意別人放心，「我自己得，我行得到。」

她是個快樂的腦退化症患者，談起往事，總是來來去去那幾句——「我老公對我好好、我四個仔好錫我、我無病無痛好好、年輕常和朋友去旅行、有本事養仔和買屋我好開心。」孰真孰假，旁人都無從考究，因為阿妹的丈夫已過身，兒孫也都在泰國，香港就只剩下她一人。至於健康，阿妹除了腦退化，還有糖尿病、高血壓、高血脂、心臟病及左髖關節退化。二〇二〇年跟

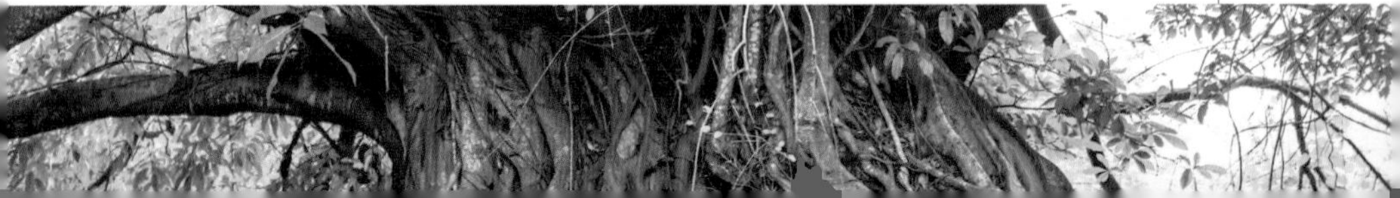

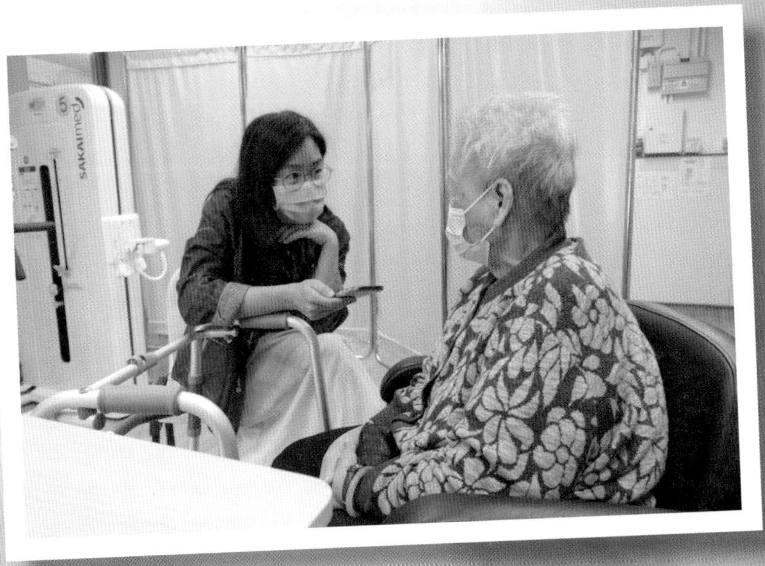
SAKAImed

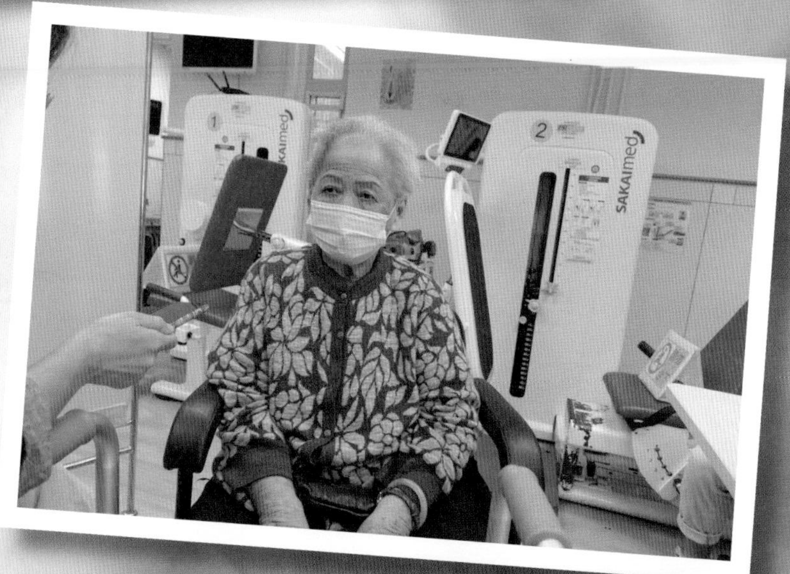
SAKAImed
1
2
SAKAImed

朋友到快餐店吃東西時不慎跌倒，左腳骨折，醫生見她獨居，便請醫務社工為她安排入住西貢一間老人院舍。到二〇二一年六月，她才獲政府分派到養真苑居住。

社工陳子麟憶述：「阿妹初來時很怕生，走路不穩，無論過床還是行路，都要兩個同事扶抱才行，由於她磅數不輕，同事都頗吃力。」

步履不穩，也難自己上廁所。最初阿妹獲分配到大單邊的床位，距離廁所比較遠，照顧員叮囑她有需要時用床上的「叫人鐘」找援兵，怎知她原來不懂按鐘，總是尿床，特別是半夜，情況就更狼狽了。

施姑娘推測：「這是因為以前在私院有人定時用輪椅推她上

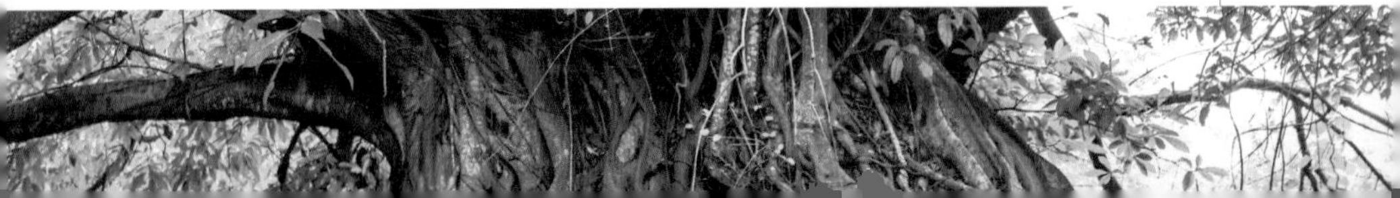

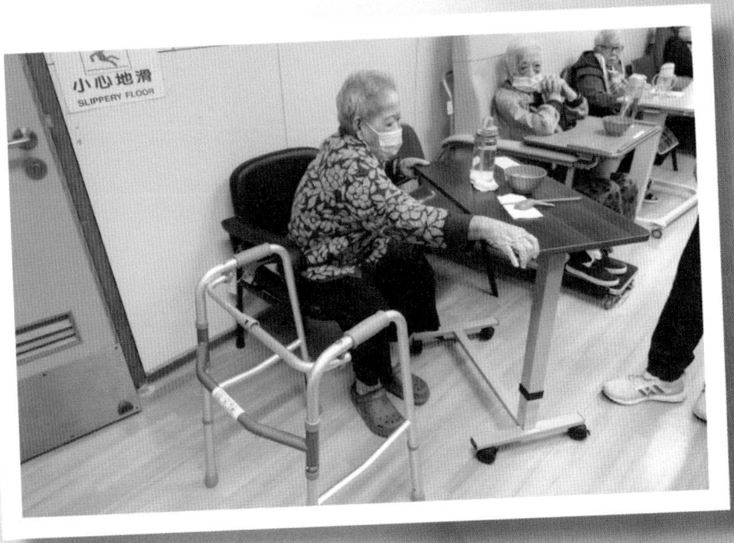
小心地滑
SLIPPERY FLOOR

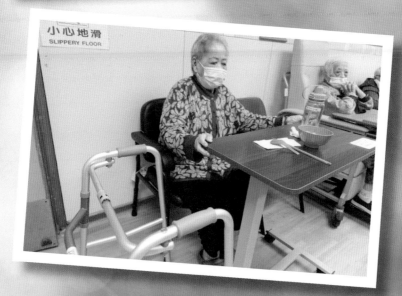

小心地滑
SLIPPERY FLOOR

廁所，所以她根本沒需要穿尿片或主動找人幫忙，漸漸也就沒這個意識了……但我們不想她只會依賴我們的照顧，無可奈何下，我們只好先替她穿上尿片……但心裏就是有點不忿，明明她可以不用穿片嘛……」

行得走得的意義

步行能力是戒片的關鍵，施姑娘為阿妹制定連串步行訓練。先由同事扶着學用步行架，早晚在房內來回行走。「她最初的動力好低，常要手擰頭說不要行，行十步就喊痛要唞一唞，那是因為她的腿和盆骨都開始退化，我們就為她做熱敷等減痛治療，慢慢習慣了，愈行愈好，她有成功感，也就更願意行了。現在只

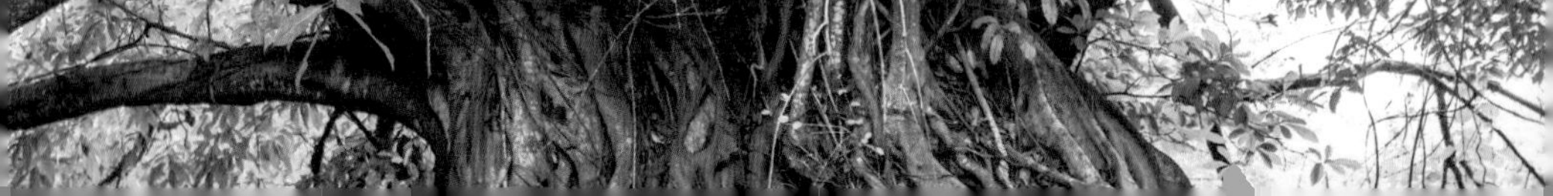

要見到穿桃紅制服的治療師助理，她就會主動拿起學行架去行了。」

院舍裏有 mini gym，可惜不合阿妹體型，只能用較土炮的方式訓練肌力，包括每週兩次的踢沙包和單車機訓練。「目標是要她離開睡床，最初很不習慣，經常打瞌睡，我們就跟她傾偈，讓她看平板電腦。」

對長者來說，行得愈遠，世界也就愈大。社工陳子麟說：「如果長者住的是私營安老院的獨立房間，真的可以全日躺在床上不見人，刺激少，對長者來說並非好事。我們安排阿妹多坐活動室，讓她有機會跟其他院友傾偈，她見到其他朋友行得好好，她會有動力想練行，有動機，自然學得快好多。」

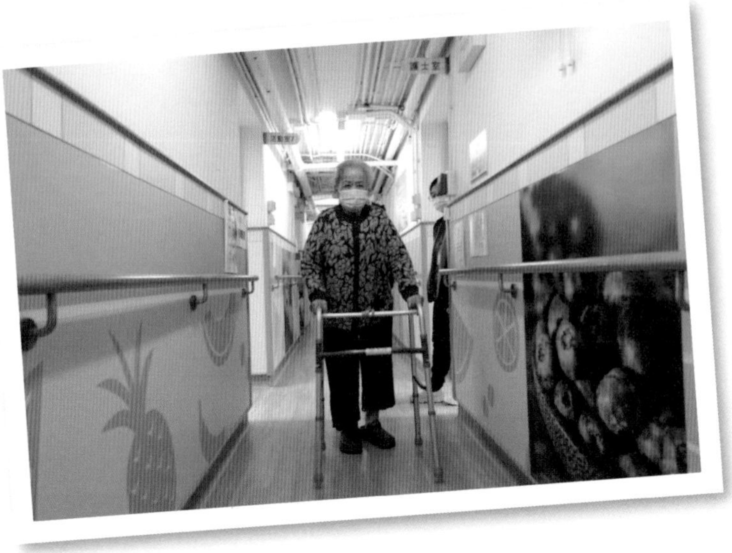

同一時間，如廁訓練也在火速進行中。對腦退化症患者來說，每一個步驟都得重複練習才成，包括開門關門、助行架放哪裏、如何一手扶穩欄杆一手脱褲等等，三個月過去，阿妹總算順利過關。

萬事俱備只欠內褲

但接下來有個難題，不包尿片，就得穿上內褲，以阿妹的體型，合身的內褲要往哪裏找呢？

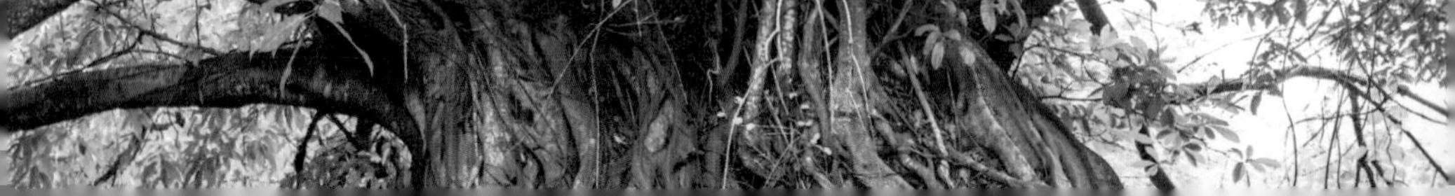

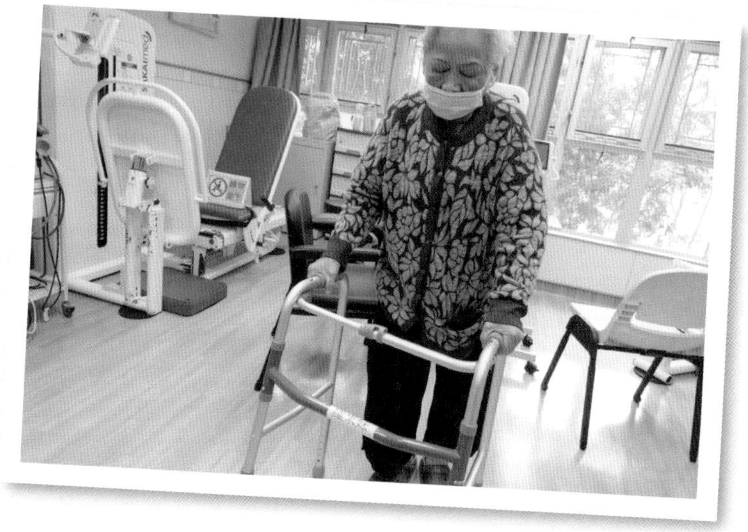

「身經百戰」的施姑娘，提起這次經驗也忍俊不禁：「阿妹香港無親人，住院的保證人只是同鄉姐妹的先生，所以買內褲一事只可以由我們代勞。我問過很多同事，她們都說要到舊式街市才能買到大碼內褲，但香港很多小攤檔已執笠，我不甘心，無理由這麼辛苦做好如廁訓練，會因一條內褲泡湯！最後我上網搜尋，真的給我找到 XXXXL 內褲！」

而為了縮短步行上廁所的距離，施姑娘細心為阿妹轉換另一房間，床位正好斜對着廁所。「床邊較闊落，可以讓她放助行架，她睡在這裏，上廁所較方便，特別是夜晚，往光的地方就能找到廁所了。」每一個細心的考量，都是成功的關鍵。「調房才兩星期，阿妹還未完全掌握方向感，同事天天和她練習，阿妹是個自信滿滿的人，相信很快就連晚上都可以戒片了。」

開心的，還有負責照顧阿妹的謝姑娘，「以前每兩個鐘要扶阿妹去廁所，好吃力，現在她自己上廁所，乾乾淨淨，人都開心自信了，我們也輕鬆多了。」

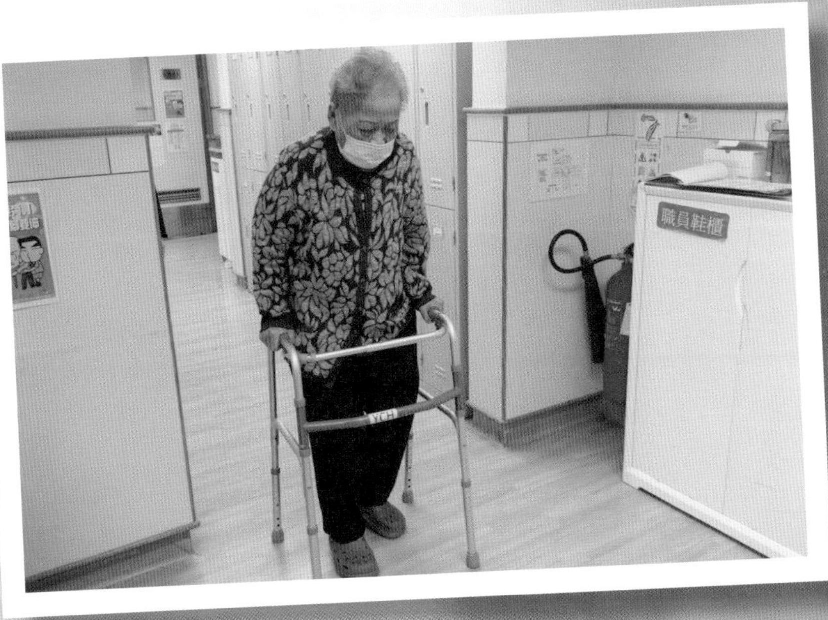
職員鞋櫃

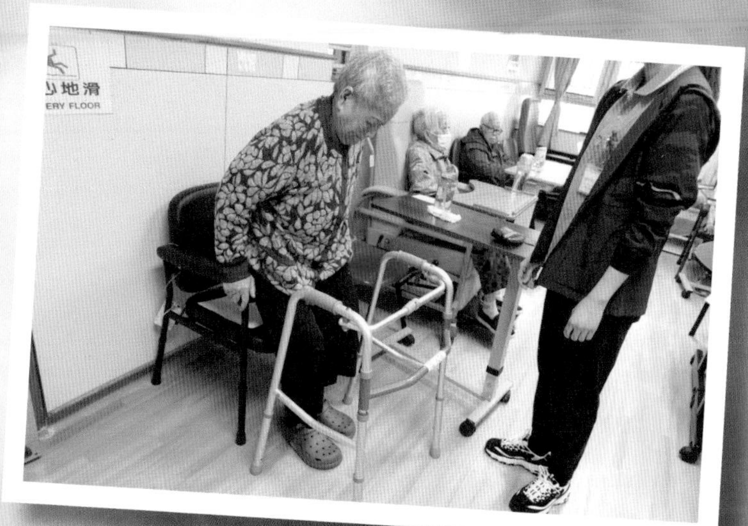
心地滑
ERY FLOOR

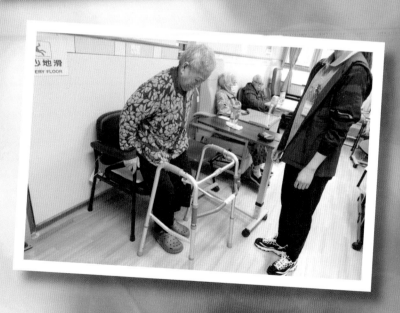

我有手有腳

「我無讀書但我有思想」是阿妹的口頭禪。

和她聊天，很多往事都已模糊，只知她是泰國華僑，年輕時挺活躍的，人人都叫她「肥嬸」。但談起自立，她總是答得非常堅定，「我自己做到就自己做，自己有手有腳，唔使求人。姑娘都好多嘢做，邊得閒服侍你一個？我雖然無讀書，但我有思想……」

施姑娘說：「阿妹好想自立，不喜歡別人幫，這想法跟自立支援的理念不謀而合。其實有時是我們限制了她們的進步，總相信阿婆永遠都要別人扶……說到底，自立支援是一個選擇而已，有些人想別人幫忙，那就盡力幫他過好日子；有些想獨立，那我

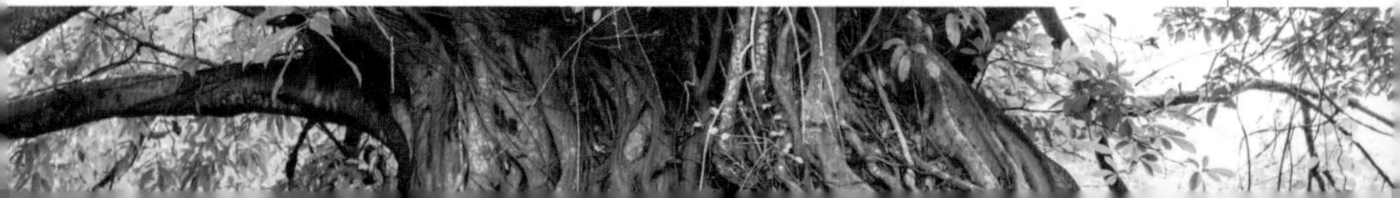

們就想辦法訓練她的自理能力，讓她可以靠自己走更長的路。」

像阿妹，都八十二歲了，行得走得的日子不知還剩下多少，但每個微小的堅持，或許都可替她賺回一些日子。「所以我每早見到阿妹，都會摸摸她 pat pat，確保她有穿內褲，而不是包片囉，哈哈哈哈哈！」

自立支援貼士

自己才是最能幫助自己好起來的人

只要是認知能力還正常，沒有一位長者想臥床讓人把屎把尿，或是讓人脫光光伺候着洗澡，喪失做人的尊嚴。況且，若長者習慣排尿在尿片內，尿意感更會逐漸消失，難以脫離尿片的束縛。因此，長者接受生活自立功能訓練（reablement）期間，即使開始時需要協助來完成「自己做得到的事情」，但循序漸進實行「三不、四要」，加上長者本身的配合，當飲食、排便改善，便減少失禁，增加移除尿片的機率，而不用包尿片亦有助改善「如廁」功能，以及提

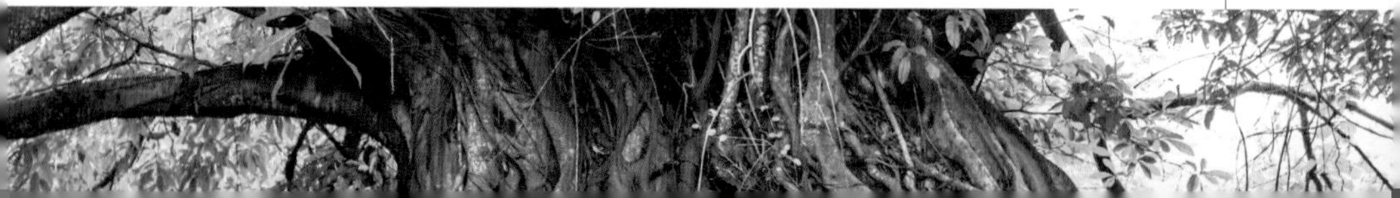

升自我形象和參與活動的意願等，甚至慢慢擺脱依靠輔具或他人的幫助，融入正常生活。隨着自主生活意識的提升，每位長者也可恢復自己的生活，也就恢復了尊嚴！

第九章

安樂不比安全次要

當人活到九十歲，求的究竟是甚麼？皮膚抹不上艷麗濃妝、軀殼撐不起錦衣繡襖、舌頭嚐不到珍饈百味、金銀財富統統進不了棺材……健康？壽命？好死？更不在自己掌握之中。經歷過日本侵華、鄉間大旱、香港大制水的阿平説，她的心願，是每天為兒孫做飯。

於是你大抵可以想像，當阿平跌倒骨折入院，無法進廚房煮食，對她來説的打擊有多麼大……以前我們談安老，安全是首要考慮，老人家沒事沒幹就好，反正活到一把年紀，能吃喝睡拉已值得慶賀，還求甚麼滿足快樂？自立支援安老概念卻相信，在我們所餘無幾的日子裏，安樂，其實不比安全次要。

「我們只想阿平快樂。」基督教家庭服務中心黃大仙樂力長

者日間訓練中心社工勞婉雯，一直抱持這個初心，幫阿平一步一步實現心願。「最大挑戰其實是說服阿平的兒女，讓他們願意放手給我們試一試，這過程一點也不容易。」幸好愛能戰勝一切。

廿四孝媽媽

阿平是個幸福婆婆，丈夫雖逝，但老來四個兒女都在身邊，而且人人都把她捧在掌心。紅黑格仔輪椅是兒子買的，大女兒特意挑選的衣物，配襯上細女送的首飾，讓她散發着令人羨慕的光芒。

「阿仔放大假，租車車我周圍去玩，一朝早西貢飲早茶，然後去赤柱行街，夜晚上山頂睇夜景，第二日再去迪欣湖影相，入流浮山睇日落，香港其實好多地方我都未去過……有路人見到仔女新抱圍住我張輪椅團團轉，忍唔住同我講，太太你真係好幸福，咁多人照顧你。我話多謝多謝，佢話你應該多謝你自己，啲福係你自己積返嚟嘅。」

有果必有因，作為一個媽媽，阿平確實廿四孝。年輕時丈夫到海外做廚師謀生，阿平獨力在香港照顧四個豆丁，由住板間房捱到上廉租屋，試過幾乎無錢開飯，硬着頭皮獨留五歲老么在家，跑到玩具廠做包裝女工。至今女兒還常揶揄她：「你疏忽照顧兒童，會畀人拉你去坐監嚟！」阿平總是沒好氣地回說：「無辦法，對唔住都要，無錢可以點?窮過，你就會發錢寒。」

她的付出，家人都看得見。兒女固然疼她，丈夫心臟病過身

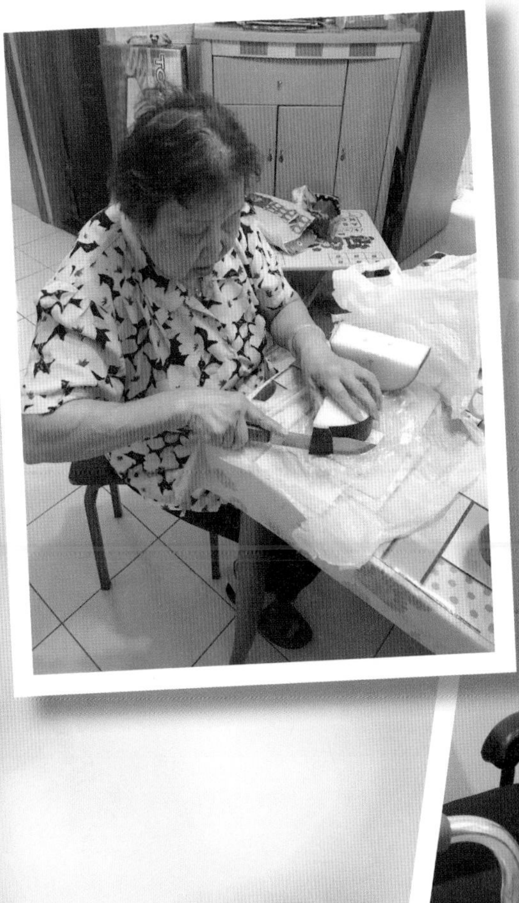

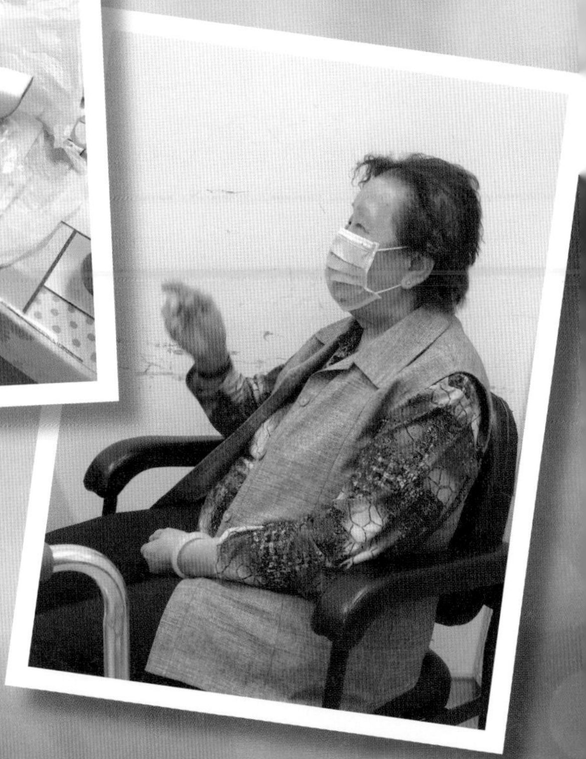

前更曾在新抱面前大讚她，「全靠阿嫲，無阿嫲我無今日。」阿平至今想起，依然眼泛淚光，「得到佢讚我，好感觸。」

四個兒女暫只有大哥已成家立室，二仔和大女都已搬出自住，餘下小女兒陪她，但平日兒孫都常回家吃飯，家裏總是熱熱鬧鬧。阿平生於動盪時代，兒時試過因大旱失收要食樹皮充飢，所以總是以填飽兒女肚子為首要任務，女兒方小姐忍不住笑說：「啲仔返就會有大 project，老火湯、甜品、涼茶、啫喱……」人人都食得肚滿腸肥，餸菜份量還多得足以讓他們帶回家慢慢享用。

直至四年前農曆初四的一場意外。

煮不到的日子

阿平如常在廚房忙這忙那，卻不知怎的忽然失去平衡跌倒，兒女趕忙送她入院，證實骨折，住院廿幾天，自此雙腿乏力，不能久站也行得不好。

那兩年，家裏的廚房很冷清，兒女新抱有時放工回來輪流買餸煮飯，但更多時候只能吃外賣。問阿平，誰可繼承你的廚藝？她尷尷尬尬的笑了：「仔女全部唔識煮飯，切瓜都要問我切幾大片，煮飯一係太鹹一係太淡，係咁喋啦……好想自己煮返，唔想佢哋咁辛苦，放工咁夜返嚟仲要煮。」

阿平心事，兒女都看在眼內。方小姐說：「咁多年，媽媽習慣照顧自己照顧仔女，那次骨折後，見到佢經常呆坐屋企沉默托腮，都知佢唔開心。」

幸好阿平善談，願意與日間中心的社工勞姑娘分憂，勞姑娘與自立支援團隊商討後，決定以「重新外出及再下廚」為訓練目標，希望幫助阿平重拾家庭角色。

不過首要任務，不是訓練阿平，而是取得家人的共識。

勞姑娘解釋：「仔女都好錫阿平，怕她再跌倒受傷。」廚房已成禁足地，兒女的想法跟阿平的心願南轅北轍，如何拉近彼此間的距離？「先要好好建立信任。」

調整煮飯流程

勞姑娘每兩星期到阿平家探訪，最初幾次，即使是平日的

上班時段，都有家人陪伴在旁。最反對阿平落街兼煮飯的是大哥，他甚至因此而罵妹妹，勞姑娘不想任何人成為「磨心」，花了不少時間親自游說，還自告奮勇擔當阿平的「保鑣」。「阿平以前每個月都會落樓下長者中心開會，好掛住街坊同姑娘。我有急救牌，懂扶抱等照顧技巧，評估過自己的能力，可以承擔一定風險，所以就請來義工陪她一起去囉。」

最開心的肯定是阿平，能重拾一點社區生活，人都精神多了。她靜悄悄的告訴勞姑娘，如果能像以前那樣買餸煮飯就好。於是，勞姑娘又帶同物理治療師到阿平的家及附近社區做了連串評估，「街市太濕，超市又太窄，實在不適宜阿平活動。阿平想煮飯，也不一定要自己買餸，當然能做到她會很開心，可以自己格價，但也要考慮環境限制。」有為有不為，家人見狀都開始放心，也就更願意放手配合了。

買餸不行，煮飯又如何？物理治療師評估過，家居環境尚可，還教阿平調整煮飯的流程，減輕體力負荷，譬如放一張四平八穩的椅子在廚房，累時可以歇一歇；所有切瓜摘菜的工夫，都搬出大廳餐桌上進行，總之一切量力而為。

蕙園樓

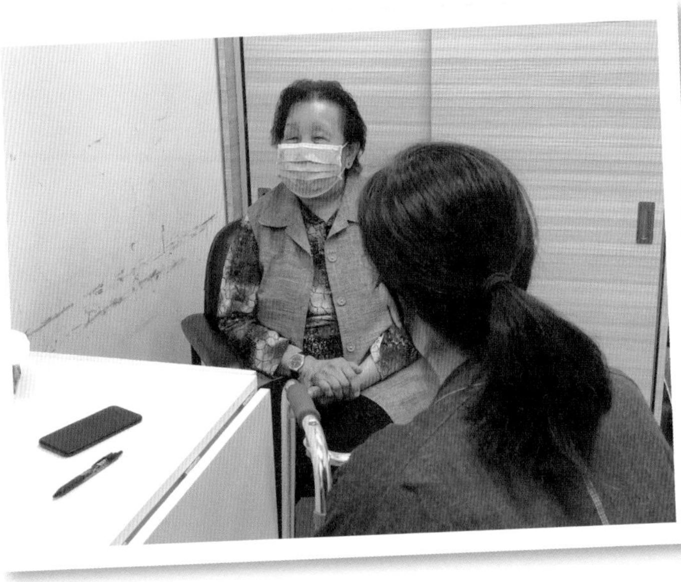

同一時間，治療師也為阿平制訂連串的復康運動，無論在中心還是在家，阿平每天都努力鍛煉身體，她笑說：「之前坐輪椅想抬高腳放上腳踏都不行，現在雙腿有力好多，不過我大仔成日都話住我，叫我唔痛就慳啲使，千祈唔好死頂喎。」

我煮故我在

阿平重掌方家廚房後變回一隻「開籠雀」，還有心情研發新菜式，「有日諗唔到煮咩，你知唔知我點？擺幾條菜心切粒，畀少少雞肉粒炒蛋，落少少雞汁、砂糖調味。菜心炒蛋，我聽都未聽過，但又幾好食喎，哈哈哈哈哈！」

兒女身體出了甚麼毛病，她都有源源不絕的食療供應，「有晚阿女唔舒服，我漏夜操啲生熟薏米扁豆出嚟煲水佢飲，又留啲畀佢第二朝帶返工飲，個女都話：有阿媽真好！」看得出阿平有多自豪。

勞姑娘還鼓勵阿平帶涼茶回中心分享，甚至為中心構思及安排湯水、飲品等，她說：「除了家庭崗位外，我們也想拓闊阿平的社交圈子。」女兒方小姐舉手贊成，「家屬咩都唔識，淨係顧及佢安全，咩都唔畀佢做，最後可能令佢更快退化……姑娘嘅專業知識，畀到我哋信心，媽媽都開心咗好多。」

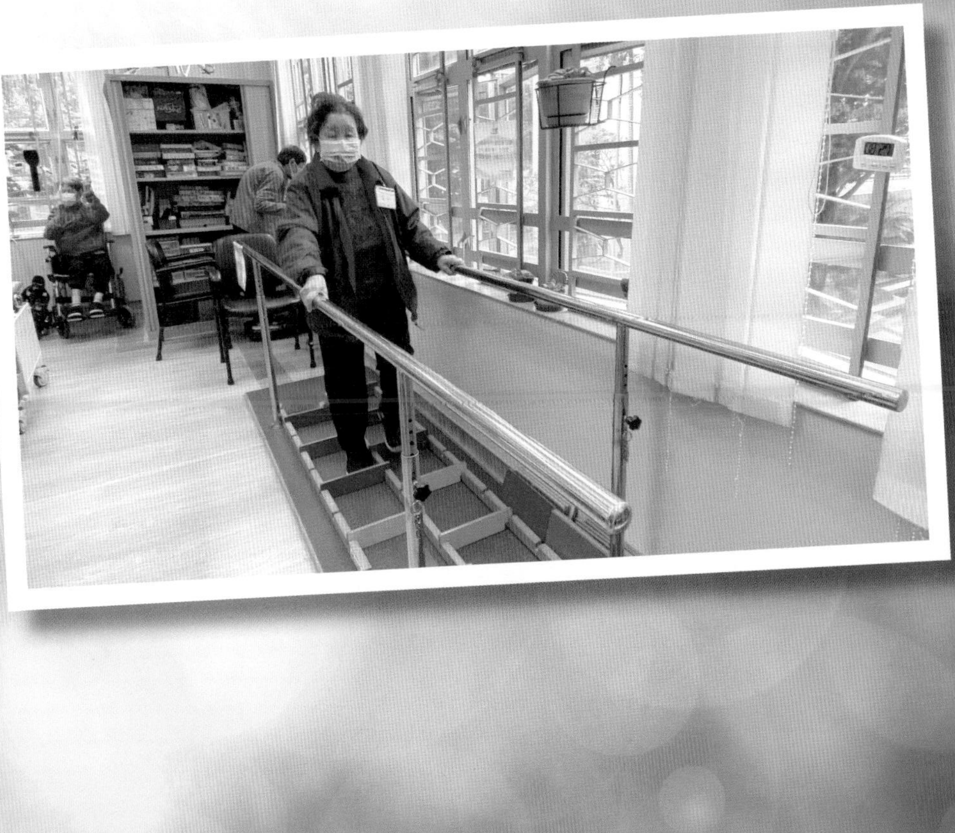

自立支援貼士

母親角色停不了，能「照顧」就好。

阿平跌倒骨折前一向擔當母親的角色，照顧女兒生活起居，唯意外發生後角色突然轉變，由照顧者變為被照顧者，需要女兒協助處理日常生活。因此，中心特別針對阿平渴望重拾母親角色的期許，有此動力，令其參與復健的「意識」隨之增加，積極進行不同訓練，體力和身體機能亦愈見進步。當中自立支援提到在「可能」的範圍內，了解長者的願望，幫助他們完成，讓他們做想做的事、過想過的生活，當長者能夠重新掌握自己的生活時，便會更主動配合訓練。此

外，「同體共存」的概念下，與家屬建立信任的照顧關係，是長期照顧品質的基礎，過程中一起訂出目標，共同執行，並適時與家屬討論，這樣信賴關係會自然的增加，讓長期照顧真正發揮減輕社會負擔的效果。

第十章

坐着站着的風景不一樣

中風後，慧霞有一段日子不願出街，即使家人想推輪椅帶她出去走走，她都總是不情不願。「唔想麻煩人。」

行路、沖涼、洗頭、煮飯……明明自己能做的，如今都要假手於人了。看風景，還得靠人家推左推右移前移後，怪沒趣的……況且，「坐同企睇風景好唔同……」

或許就是這信念，讓慧霞堅持努力做復康運動，一小步一小步的，幾年過去，走到今天，終於可以重拾自由，好好走自己的人生路，繼續享受沿途風光。

角色轉換的打擊

身穿牛仔背心的慧霞，十指貼上搶眼粉紅美甲貼，讚她很會

打扮，她指着身旁的中心社工勞婉雯及黃思敏笑說：「是黃姑娘及勞姑娘帶挈我㗎，哈哈哈哈哈！」原來是社工邀請回來的義工做的「好事」。慧霞笑得燦爛：「仲有剪頭髮呢！」她撥弄一下斑白卻整齊的髮絲，俏皮地說：「你睇我剪得幾靚！最重要係唔使錢嘛！」

勞姑娘說，如今爽朗的慧霞，跟初來中心時是兩碼子的模樣。那時候的慧霞，坐在輪椅上，像洩了氣的皮球，四肢固然因為中風而乏之力，腦袋也跟着提不起勁來，好像忽然失去人生動力。「慧霞本來是很精靈的老人家，生病前後的落差很大，她的心情我們也能理解，惟有死纏爛打不斷鼓勵她，希望重燃她的意志。」

昔日的慧霞，是典型的香港媽媽，非常耍家，婚前是工廠女工，婚後湊仔煮飯做家務一腳踼，間中還做些家庭手作或替人湊小孩來幫補家計。好不容易捱大兩仔一女，丈夫過身，她一個人仍活得精彩，除了照顧女兒一家三口，還常跟街坊朋友結伴出遊，參加議員辦事處的活動，有空就飛去澳洲探望兒子，旅居個多月，自由自在。

對於突然來襲的大病，確實招架不來。

那是一個平常的日子，兩母女外出吃飯，慧霞不知怎的，忽然控制不了眼前那雙筷子，她以為自己太累，回家躺着休息就好，幸好女兒打電話回醫院問問病情，姑娘評估認為她有可能中風，才急忙召救護車送院。

「十字車來到，我都仲行得走得。去到醫院，仲問醫生幾時可出院。幾日後落床做物理治療，先知對腳完全無力，雙手連攞尿盆都唔得。」做了幾十年照顧者的慧霞，從此變成被照顧者。

山頂上的風景不一樣了

勞姑娘憶起五年前的那通電話，慧霞的女兒哭得很厲害，說中風後的媽媽失去了自理能力，也不知道會不會好起來，自己要忙返工，怕難以兼顧，更對社區的支援網絡茫無頭緒，感覺很徬徨，只好按醫院的單張打電話，剛好找到基督教家庭服務中心轄下的黃大仙樂力長者日間訓練中心。

「第一次見慧霞，感覺全無動力，不太肯講話。我們安排復

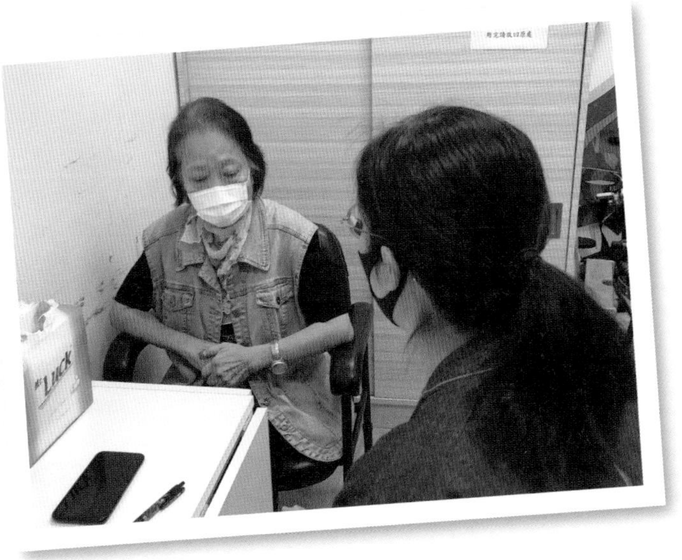

康巴士帶她和女兒到山頂旅行，想讓她散散心，她卻開口埋口怕麻煩人。」

慧霞記得那一次，「那是來中心後第一次旅行，坐輪椅看風景，感覺完全不同，原來站着看，風景靚好多……之後都唔太想周圍去……唔可以自由自在地走，要人推來推去，好煩。」

幸好燃點鬥志是社工

的強項，勞姑娘即與自立支援團隊商討，如何令慧霞振作起來，「物理治療師先由運動開始，增強肌力，慢慢跟慧霞練習用四腳架行路。」

沒多久已見成效，慧霞至少可以離開輪椅扶着步行架上廁所。不用包尿片，慧霞的自尊感也就大大提升，人都開懷了一些。「可以做的我們都讓她自己做，希望好好發揮她的剩餘能力。」多美好的期盼，總不能一廂情願，要慧霞願意配合才行。

勞姑娘笑說：「我們天天和她聊，終於燃起她出街的慾望，到家附近的商場逛逛都好，於是便訂下這目標，一起努力。」

慧霞的家要乘一程小巴才可到港鐵站，小巴的梯級對她來說是個極高的門檻。團隊便先以「搭小巴」為標竿，陪慧霞每天練習行腳踏，漸漸她的雙腿開始有力踏上小巴，團隊又陪她到附

近商場走走。短短幾年間，慧霞已由坐輪椅進步到拿着拐杖四圍去，每週還獨自乘車去做推拿。勞姑娘比慧霞更興奮：「其實有時在中心玩遊戲或開派對，慧霞甚至可以不用拐杖，但為安全起見，不讓旁人撞到，我們還是教她帶着拐杖比較好，她真的有很大進步！」

自立支援的「生招牌」

慧霞是中心的「生招牌」之一，很多會員都羡慕她可以來去自如，特別是上廁所時不用姑娘「傍住」。她總是中氣十足的揮揮手回應說：「畀心機啦！我都經歷過！我以前仲差過你，腳都遞唔起，所以唔使睇我，你第日都有機會，最重要畀時間自己。」過來人的鼓勵，是最有效的強心針。

只是多強大的心臟，依然免不了歲月的洗禮。中風後，慧霞總算站得起來，但身體大大小小的毛病，教她不敢對未來寄予盼望。「醫生在我全身開了十二刀……」即使現在已不用女兒照顧，她還是一直擔心會成為女兒的負累，譬如氣管敏感晚上咳嗽，她總害怕吵醒女兒，故堅持輪候老人院舍，「佢都有自己屋企要照顧，唔想佢做夾心人。」

提起這個大女兒，慧霞總是百般滋味在心頭。「細個好百厭，試過爬入洗衣機匿埋，嚇死我，又試過去銀行搞手續時差點唔見咗佢……細個三姐弟一人一支藤條，打得最多係佢。」

年紀大了，換兒女照顧，不是理所當然嗎？

「仔女大了，自己照顧到自己就好。院舍姑娘都訓練有素，有佢哋照顧仲好，無謂拖累仔女……」媽媽對兒女的愛，總是無窮無盡。勞姑娘說：「未來的目標，可能是生死教育。慧霞常怕『煩到人』，但究竟怎樣才是『煩到人』？除了入住院舍，未來還有甚麼選擇？我們的自立支援團隊會陪她一起探索更多的可能性。」

自立支援貼士

重回社區的契機

慧霞因中風致不良於行，由以往多姿多彩的生活，變成一個「宅女」，甚至認為自己是家庭的負累，情緒低落。實踐自立支援後，中心社工不斷鼓勵慧霞努力練習走路和站立，並主動陪同長者外出，讓她重新感受外出的樂趣和信心，過程中慧霞雖然經歷失能的生理和心理壓力，但慢慢體會生活自主意識，找到「不用麻煩人」的方法，掌握自己的同時，亦令慧霞重建自信與成就感。現時慧霞逐漸回復正常生活，不但主動提出想去更遠的地方，甚至會自行外出，與社區重建聯繫，而生活上的依賴亦隨之減少，充實掌握生命中的每一天，發揮自立支援最大的價值。

鳴謝

本會現謹此向以下受訪單位、服務使用及其家屬者致深切的謝意。（排名不分先後）

養真苑

真光苑長者日間護理中心

觀塘長者日間護理中心

翠林長者日間護理中心

橫頭磡長者日間護理中心

任白慈善基金景林安老院

樂力長者日間訓練中心

www.cosmosbooks.com.hk

書　　名　銀髮自主——自立支援分享集
主　　編　基督教家庭服務中心
工作小組　楊靄珊、吳凱欣、萬詩婷
故事採寫　陳琴詩
責任編輯　王穎嫻
美術編輯　郭志民
出　　版　天地圖書有限公司
香港黃竹坑道46號新興工業大廈11樓（總寫字樓）
電話：2528 3671　傳真：2865 2609
香港灣仔莊士敦道30號地庫（門市部）
電話：2865 0708　傳真：2861 1541
印　　刷　亨泰印刷有限公司
柴灣利眾街德景工業大廈10字樓
電話：2896 3687　傳真：2558 1902
發　　行　聯合新零售（香港）有限公司
香港新界荃灣德士古道220-248號荃灣工業中心16樓
電話：2150 2100　傳真：2407 3062
出版日期　2022年7月／初版・香港

ISBN 978-988-8550-30-2